華麗なる神宮寺三兄弟の恋愛事情

神宮寺家——天正《てんしょう》元年より続く旧家。

現在の当主は神宮寺宏司《じんぐうじひろし》であり、彼は株式会社ＪＩＮＧＵ《ジングウ》のＣＥＯも務めている。

彼には三人の息子がおり、数年後には勝手に独立してしまった長男に代わり、次男が跡を継ぐことになっていた。


これは、そんな神宮寺家の三兄弟の物語である。

【長男・神宮寺陸斗《りくと》の場合】

第一章　社長の調査《リサーチ》、始めました。

「あの、大熊《おおくま》さん！　今日みんなで会員数二十万人突破のお祝いしようって話になったんですけどっ！　よかったら一緒に――」

「ごめんなさい、今日は用事があるの」

帰宅時、声をかけてきた同僚を、大熊美兎《みと》はバッサリと切り捨てた。笑顔だが有無を言わせないその答えに、声をかけた同僚は狼狽《うろた》える。

「あの、ちょっと顔出すだけでも……」

「かえってお邪魔になっちゃいそうだからやめとくわ。また誘って！」

美兎は長い髪を束ねていたゴムを外しながら、颯爽《さっそう》とフロアの扉に手をかける。肩には鞄をかけていた。

「それじゃ、お疲れ様。私のことは気にしなくていいから、お祝い楽しんできてね！」

「あ、はい……」

呆ける同僚に手を振って、美兎は会社を後にした。

株式会社U−Violette《ユーヴィオレット》の社長秘書、大熊美兎はいわゆる『できる女』である。

仕事はいつも素早く、正確で丁寧。持ち前のコミュニケーション能力と培《つちか》ってきた語学力で、この三年、社長と会社を支え続けていた。彼女の優秀さは誰もが認める一方で、プライベートは謎に包まれていた。

「やっぱり断られたかぁ」

「大熊さん手強《てごわ》いー！」

「誰がどんなに誘っても、飲み会に来ないもんなー。来るのは歓送迎会ぐらいだし！」

美兎の背中を見送った後、社員がわっと盛り上がる。

それと同時に社長室の扉が開き、社長である神宮司陸斗が顔をのぞかせた。

すらりとした体躯に鼻筋の通った顔立ち。一見温和そうにも見える顔だが、業界では有名な怪傑《かいけつ》として知られていた。その手腕は、肘《ひじ》の指を使うが如《ごと》しと褒めそやされるほど。

顔をのぞかせた陸斗に、女性社員が駆け寄る。

「社長。やっぱり大熊さん来ないらしいですよ」

「そうか」

「社長はどうされますか？　ご予定は……」

「俺もやめておこうかな。読みたい資料もあるし。気が向いたら顔を出すから、後で場所だけ教えておいてくれ」

「はい！」

声をかけた女性社員は、頬を染めながら元気よく返事をした。

U－Ｖｉｏｌｅｔｔｅは、ファッションレンタルサービス『インクロ』を運営しているベンチャー企業だ。創立は八年前。当時二十四歳の陸斗が友人と一緒に立ち上げた会社だった。今ではインターネットのショップの他に実店舗も構える。自宅に服が届き、試着をして気に入ったら購入できるサービス『チョイクロ』も運営している。『インクロ』は『インフィニティ・クローゼット』の、『チョイクロ』は『チョイス・クローゼット』の略語である。

会社自体は大きいが歴史は浅い。なので、こうやって気軽に話せるぐらいには社長と社員の距離も近かった。


「社長は大熊さんのプライベート、何か知らないんですか？　付き合い長いですよね？」

陸斗よりも年上の男性社員がそう聞いてきて、陸斗は首をひねった。

「確かに付き合いは長いが、プライベートな話なんてほとんどしないからな。秘書を任せているのも、ここ三年ぐらいだし」

「大熊さんっていつ入社ですっけ？　たしか今二十七歳だから……」

「入社はちょうど『インクロ』の事業を始めたぐらいの時期だな。初めてかけた新卒の募集に、あいつが応募してきたんだ。今年で五年目になるのか」

「五年目かぁ。そう考えると、割と初期のメンバーですよね！」

「ま、そういうことになるな。……今はあんな感じだが、最初は結構ドジもやらかしたんだぞ」

陸斗は目を細めながら懐かしむ。今は採用担当に任せているが、あの頃は一次面接から陸斗が行《おこな》っていた。

リクルート姿の初々《ういうい》しい美兎の姿を思い出し、陸斗の頬はわずかに緩む。

「へぇ。あの、大熊さんがねぇ」

「今は『ザ・完全無欠』って感じだもんな」

「新卒の大熊さん、見てみたかったなぁ」

「……けど、それだけ付き合いが長いのに、プライベートなことは何も知らないんですよね」

ふいにかけられた若い社員の言葉に、陸斗はムッと顔をしかめる。彼女のことを『知らない』と評されたのが、なんだか気に入らない。

普段もそうだが、忙しい時はそれこそ文字通り四六時中一緒にいるのだ。宿の部屋はもちろん別だが、出張にだって一緒に行くこともある。ここ数年で美兎と一番長い時間を過ごしている人間は自分だと、はっきりと言い切ることができた。

そんな思いから、陸斗の声はわずかに硬くなる。

「そんなことはない。もう何年も一緒にいるんだから、たいていのことはわかっているつもりだ」

「でも、プライベートなことは知らないんですよね？」

間髪容れずに発された一言に、陸斗は「それは……」と一瞬言いよどむ。

「別に、何もかもをさらけ出すことが信頼の証《あかし》というわけではないだろう？　俺はわきまえているだけだ」

『知らない』のではなく、『踏み込まない』だけなのだと暗に言って、陸斗は腕を組む。自分でもなんでこんなにムキになるのかわからない。『知らない』のならば『知らない』と言えばいいだけなのに、その一言を言うのを躊躇《ちゅうちょ》してしまう。

「それなら、大熊さんが付き合っている人のことについて知っていますか？」

「は？　付き合っている人!?」

思わぬ情報に、陸斗らしからぬ素《す》っ頓狂《とんきょう》な声が出た。

すると、噂好きの女性社員がぐっと顔を寄せてくる。その瞳はイキイキと輝いていた。

「大熊さんがこういう飲み会に来ないのって、彼氏がいるからじゃないかって噂になってるんですよ！」

「そうそう！　ヤキモチ焼きの彼氏が止めてるんじゃないかって話で……」

「それはない」

陸斗の口から、被せるように否定の言葉が飛び出した。もはや脊髄《せきずい》反射の勢いだ。

美兎とは結構な時間を共有しているはずだが、今まで男の影など一切感じたことがない。指輪をしているところなんて見たことがないし、アクセサリーが急に男性から贈られたようなダサいものに変わっていたためしもない。誰かからの連絡を待つようにスマホを気にしているそぶりもないし、クリスマスやバレンタインデーのような恋人たちのイベントの日に、急遽《きゅうきょ》泊まりがけの仕事を入れても嫌な顔一つしたことがない。

そんな彼女に、彼氏がいると思うだろうか。

陸斗の答えは『否』だった。

(大熊に限ってそれはない)

それは確信というより、どこか願いに近かった。

しかし、そんな彼の願いはあっけなく吹き飛ばされることとなる。

「いやでも！　見たって人がいるんですよ！　大熊さんが男性と仲よく歩いてるの！」

「は？」

「しかも、腕を組んでたって！」

「腕!?」

「楽しそうにケーキを食べさせあいっこしてたって目撃情報も……」

「……」

言葉もなく立ち尽くしてしまった社長をよそに、社員たちはきゃっきゃと盛り上がっている。

「どんな人だったって？」

「大柄で、いかつい感じのイケメンだったらしいぞ！」

「きゃあ！　同じイケメンでも社長とは違うタイプなんですね！」

「好みが分かれるところねぇ。私としては……」

「おい」

陸斗の低い声に、社員たちは固まった。眉間に皺《しわ》を寄せた状態で、不機嫌さを隠しもせず腕を組んでいる。

「あ、すみま――」

「その情報提供者は誰だ。今すぐ教えろ」

今まで見たことない剣幕に、詰め寄られた社員は頷くことしかできなかった。

◆◇◆

「姉ちゃんもさ。もうちょっと会社の人と付き合ったらいいのに」

「えぇー。なんでよ」

リビングからかけられた声に、キッチンにいる美兎は唇をとがらせた。手にはできたばかりの野菜炒めが入ったフライパン。隣にはスープの入った鍋が火にかけられていた。

美兎は手早くそれらを皿に盛り付ける。すると、先ほどの声の主が、キッチンのほうへと顔をのぞかせた。そして、美兎の手から野菜炒めが盛られた大皿を取る。

「持ってく」

「それじゃ、お願い」

美兎よりも頭一つ以上背が高い彼は、大皿をリビングのローテーブルへ運ぶと、慣れた手つきで二人分の取り皿と箸を用意した。その間に美兎はご飯をよそう。

彼は大熊知己《ともき》。美兎より八歳年下の弟である。何かスポーツでもやっていそうなぐらい身体は大きく、頭もスポーツ選手のようにツーブロックに刈り上げていた。顔の彫りが深く、髪も明るく染めているので、一見すると外国人のように見える。見てくれの通り、スポーツは得意だが、今は実家近くの大学で建築を学んでいた。

二人は向かい合わせで座り、手を合わせる。そして「いただきます」と声を重ねた。

「さっき、『会社の飲み会に誘われたんだけど、断って帰ってきた』って言ってたじゃん？　このままじゃ、本当に姉ちゃん嫁《い》き遅れちゃいそうでさー」

野菜炒めの一口目を口に入れた瞬間、先ほどの話の続きと言わんばかりに、知己がそう言った。美兎はしかめっ面のまま、口に入った野菜炒めを呑み込む。

「何で会社の飲み会を断ったのと、私が嫁《い》き遅れるのが関係あるのよ」

「だって、会社の飲み会って出会いが転がってそうじゃん？　同僚と仲よくなったり、紹介してもらったり」

「転がってるわけないでしょ。あんなのお金がかかるだけで、別にたいした話をするわけじゃないんだから」

呆れたといわんばかりに、美兎はため息をつく。そしてふたたび野菜炒めに箸をのばした。

「そもそも嫁《い》き遅れたって、別にいいじゃない。私が結婚しようがしまいが知己に関係ないんだし」

「いいや、関係あるね。俺、将来姉ちゃんの介護したくねぇもん」

「なんで今からそこまで想像を膨らませるかなぁ。何十年後の話よ、それ」

「俺的には今すぐ結婚は無理でも、せめて恋人ぐらいは作ってほしい！」

「知ってる？　そういうの余計なお世話っていうのよ」

弟の嘆願《たんがん》を美兎ははねのける。そんな姉を一瞥《いちべつ》して、知己は目の前の取り皿に視線を落とした。

「でもさ。冗談抜きで、姉ちゃんには幸せになってもらいたいんだって」

らしくない真剣な声のトーンに、美兎は箸を止めて視線を上げた。

「このまま姉ちゃんが独り身だったら、絶対俺のせいじゃん」

「そんなわけないでしょ。馬鹿ね」

知己の憂《うれ》いを晴らすように、美兎は軽く笑った。

美兎と知己は姉弟であり、お互いに唯一の家族だった。両親は美兎が大学三年生の時に事故で亡くなっており、弟の知己はそれから彼女が育てたようなものだ。八歳年下の知己は当時中学一年生だった。

「いや、だって。姉ちゃんがお金にがめついのって、俺のせいだろ？」

「がめついって言うな。がめついって。あと、何度も言うけど倹約は単に私の趣味よ！　知己が気にすることじゃないの！」

美兎の趣味は預金通帳を眺めることだ。好きな日は給料が入る毎月二十五日。好きな言葉は『特売』『半額』。嫌いな言葉は『浪費』『割高』である。知己を育てていく過程で目覚めた趣味ではあるが、別に彼のせいというわけではない。

現に、死んだ両親の残してくれたお金やら保険金やらで、金銭的にはさほど苦労はしていないのだ。ローンを払い終わったマンションだってある。だからといって、浪費ができるほど裕福ではないし、いざという時のため貯金には手を付けないようにと努力はしている。

しかし、そのことを何度説明しても知己は納得していないようだった。

「でも、会社の飲み会とかを断ってるのって『お金がかかるから』だろ？」

「そりゃまぁ……そうだけど……」

「合コンとか、同窓会にも行かないよな？」

「だって、そんなことでお金使うのもったいないじゃない。会いたい人には同窓会なんか行かなくても会えるわけだし」

「そういうところだって！」

知己は大げさに肩を落とし、首を振った。

「ああいう場に行かないから、出会いもないんだって。ただでさえ学生時代は、バイトと勉強ばっかりで全然遊んでなかったんだし」

「そんなこと――」

「ある！　何年も姉ちゃんを見てきた俺が言うんだから間違いない！」

いつになく強気な知己の態度に、美兎は困って頬を掻いた。

「というか、最後に恋人いたのいつだよ！」

「大学一年生の時……かな」

その彼には、両親が死んであれこれと忙しくしている間に浮気をされてしまった。当時はショックだったが、今となっては、早い時期に正体に気づけてよかったと肯定的に捉《とら》えている。

「大学に行かせてもらってる俺が言うのもなんだけどさ。俺ももう来年で二十歳なんだし、姉ちゃんにはもう少し自分を優先して欲しいんだよ」

どうやら知己は、姉に恋人ができないのは自分のせいだと思い込んでいるようだった。美兎としては単にそっちに興味が湧かなかっただけなのであるが、彼はそれをいまいち理解できないらしい。

（結婚ね……）

美兎は箸を進めながら逡巡《しゅんじゅん》する。

仕事は充実しているし、このまま一生独身でもそれなりになんとかなるくらいの稼ぎはある。そもそも、結婚＝幸せとは限らないのが昨今の常識だ。

しかし、彼が気に病むのならば重い腰を上げるべきなのだろう。結婚とまではいかなくても、せめて恋人ぐらいは作って弟を安心させるべきなのかもしれない。

（でも、恋愛ってお金がかかるのよねー）

デートをするための費用や、化粧品や洋服代。記念日にはプレゼントも必要だろうし。それなりに関係が進めば、旅行に行くこともあるだろう。

守銭奴《しゅせんど》で倹約家な美兎だが、その辺りは禍根《かこん》を残さないように折半《せっぱん》が望ましいと考えていた。全部出してもらっておいて、別れた後に「金を返せ！」とトラブルになっても仕方がない。そういう例も友人から聞いたことがある。さすがにラのつくホテル代ぐらいは出してくれる殿方と恋愛がしたいが、折半《せっぱん》と言われても別に構わない。

そう考えると、やはり恋愛には金がかかる。

（今、貯金いくらあったっけ？）

ただでさえ知己の学費もかさんでいるのだ。両親の残したお金があるとはいえ、自分のことにあまりお金を割きたくはないというのが美兎の本音だった。

（恋愛の前に、副業でも始めようかしら）

U－Violetteは副業禁止の会社ではなかったはずだ。しかし、いつ何時《なんどき》呼び出されるかわからない社長秘書に、そんな時間的余裕があるわけもない。

（なんかいい感じの臨時収入とかないかしら）

ゴロゴロと野菜の入ったスープ椀に口を付けながら、美兎は自分の預金残高に思いを馳せるのであった。

◆　◇　◆

翌日、美兎が出勤すると、後輩の南田楓《みなみだかえで》が頬を膨らませていた。

「もー、美兎さん！　なんで昨日の飲み会来てくれなかったんですかー！　秘書課で来てるの私一人だけだったんで、超寂しかったんですよ！」

「ごめんね。ちょっと用事があったから」

「毎回それじゃないですかー！」

全身で『怒っている』を表現している楓は、美兎の三つ下。大変可愛らしくあどけない相貌《そうぼう》に、大きな瞳。庇護《ひご》欲《よく》をかき立てられるような低めの身長に、たわわな胸が特徴の女性である。しゃべり方や明るすぎる性格から、ちょっと抜けていそうな印象を周りに与える彼女だが、これでどうして大変に優秀なのだから人はわからないものだ。

「美兎さんがあまりにも飲み会に参加しないから、他の課では何やら噂されまくってますよ！　それとも噂通りに束縛ヤンデレ気味な彼氏がいるんですか⁉」

「なに、その束縛ヤンデレ気味な彼氏って。響きだけですごく怖いんだけど」

「そういう噂です！　さて真相は？」

「噂は噂です」

はっきりとそう言い放ち、美兎は自分のデスクに鞄を置いた。

現在、社長秘書は三人いる。美兎と楓とあと一人、来栖奏汰《くるすそうた》という男性だ。

社長のスケジュール等を管理しているのが美兎で、書類や資料を作るのが楓。その他、雑務もろもろと運転手を務めているのが来栖である。と言ってもほとんどの場合、陸斗は自ら社用車を運転して、一人でどこへでも行ってしまうので、来栖の仕事は基本的に雑務ばかりなのが現状だ。運転手を必要とするのは、人が集まるパーティや、会議の場所に行く時だけである。

どうやら来栖はまだ出勤していないようだった。

「あ、そういえば！　社長が美兎さんが出社したら社長室に顔出すようにって言ってましたよ」

「社長室に？」

「また何か突飛《とっぴ》な用事でも入れたんじゃないですか？　それで諸々スケジュールを調整してくれって話じゃ……」

「……あり得るわね」

美兎は深く頷いた。

陸斗のスケジュールは過密だ。基本的に出社から退社まで分刻みのスケジュールである。会社の方針で、社長共々早出も残業もあまりしないようにしているのだが、時間外勤務を抑えている分、勤務時間内は目の回るような忙しさなのだ。

にもかかわらず、陸斗は次から次へと自分で新規の仕事を持ってくるものだから、美兎はいつでも大わらわだ。この前だって、いきなりライバル会社との会議を勝手に入れてしまい、そのせいでパズルゲームのような時間捻出を余儀なくされた。

大変働き者で、社員のことを考えてくれるよい社長ではあるが、社長秘書としてはあの仕事好きな面だけは少し直してもらいたいものである。

「どうしようかしら、今月三回目よ？　来月は大事な会議や出張が目白押しだから、これ以上予定はずらせないし……」

「まぁ、ここで悩んでいてもしょうがないじゃないですか！　案ずるより産むが易《やす》しですよ。とりあえず社長室に行ってみてくださいよ！」

「……それもそうね」

「そして、ついでにこの資料を渡してきてください！　昨日、社長に頼まれたやつです！」

「……楓ちゃんって、案外ちゃっかりしてるわよね」

美兎は楓から資料を受け取ると、秘書室隣の社長室へ向かう。

社長室の扉を開けると、そこには社長である陸斗の他にもう一人見慣れた人間がいた。

「おはようございます。新垣《にいがき》副社長もご無沙汰しております」

「美兎ちゃん、おはよう！　いきなり来ちゃってごめんね。ちょっと話したらすぐ帰る予定だから」

そう言って手を振るのは新垣司《つかさ》。陸斗と一緒にこの会社を立ち上げた人物である。今は実店舗の運営を担っており、各店舗や出店予定地をぐるぐると回る毎日らしい。会議以外で会社に立ち寄るのは一週間に一度ほどしかなく、社長室ぐらいにしか顔を出さないので、美兎が新垣に会うのも数週間ぶりだった。

「まだ勤務時間前なので、お気になさらず」

「勤務時間になったら出て行けってことね。あーあ、美兎ちゃんはやっぱり手厳しいなぁ」

「社長のスケジュールは過密ですので」

「ですよねー」

新垣は軽い感じで相づちを打つ。

美兎は新垣の奥にいる陸斗に視線を合わせた。

「それで、用事とはなんでしょうか？」

「その、実はスケジュールを調整してもらいたいんだ」

「社長、それは……」

「違う！　俺のじゃなくて、君のスケジュールを調整して欲しいんだ」

陸斗の思いも寄らぬ言葉に、美兎は目を瞬かせた。

「……と、言いますと？」

「実は、来月末のパーティにこいつが行けなくなってな」

指したのは、ひらひらと機嫌よく手を振る新垣だ。

美兎は一瞬だけ新垣に視線を移すと、頭の中にある陸斗のスケジュール帳をめくる。

「来月末と言いますと……デザイナー・ＨＩＧＵＣＨＩ《ヒグチ》氏の誕生日パーティのことですか？」

「そうだ。そこで併せて商談をやることになっていただろう？　なのに新垣が……」

「娘のお遊戯会《ゆうぎ》と被ってることに今朝気がついちゃってさー。商談はいつでもできるだろ？　でも、娘のお遊戯会《ゆうぎ》は一年に一度しかないからな！」

「という理由で、行けないと言い出してきた。……まぁ、俺としてもそういう理由なら仕方ないと思っていたんだが、俺一人だとどうもいろいろと手に余りそうだからな、代わりに誰かもう一人連れて行こうという話になって……」

「それで、私ですか？」

陸斗は頷いた。

「ＨＩＧＵＣＨＩは海外で活躍しているデザイナーだ。だからこのパーティにも海外から呼んだ客がたくさん来ることになっている。大熊は語学が堪能だから、万が一、一人になってもその辺りは困らないだろう？」

「それはそうですが。商談のことについては、内容を記録しておくぐらいしかできませんよ？　商談内容も『チョイクロ』とコラボする、ぐらいしか知りませんし……」

「その辺りは後で資料を見せよう。あと、商談といっても、今までに決まったことの最終確認ぐらいだから、あまり気負う必要はない」

「了解しました。おそらく大丈夫だと思いますが後で予定を確認して、またもう一度ご報告します」

「あぁ」

確かにそれなら資料を読み込んでおけばなんとかなるだろう。美兎は頷いた。

陸斗はいつも通りに返事をした後、今度は何か迷うように視線をさまよわせた。

「それで、だ」

「はい。まだ何か？」

「何か、というわけではないんだが。その、……今晩は暇だろうか？」

いつになく弱気な声を出す陸斗に、美兎は首をひねった。

こんな風に予定を聞かれたことなど今までにない。

「何か急遽《きゅうきょ》予定でも？」

「いや。……今回もそうだが、いつも俺のスケジュールで振り回してばかりだからな。労《ねぎら》う意味も含めて食事でもどうかと思ったんだが……」

「食事？　プライベートで、ということですか？　それは……」

美兎の問いかけに何かを察知したのか、陸斗は焦ったように立ち上がった。

「いや、違う！　待ってくれ！　ドレスを買いに行こう‼　パーティ用のドレスだ。俺のせいで急遽《きゅうきょ》用意することになるだろうから、付き合わせてくれ！」

「それなら結構です」

美兎が笑顔でそうはっきりと断ると、陸斗は固まった。

「経費で落としていいのなら、自分で買いに行きますよ。社長の手を煩《わずら》わせるわけにはいきませんから」

「いや……」

「それに、社長にはそんな暇がないことを私が一番存じ上げております」

これには何も言えないとばかりに、陸斗は椅子に座り直した。

「念のため、何色のスーツを着ていくかだけ教えていただけますか？　それに見合うものを見つけてきます。あと、ブランドはもちろんＨＩＧＵＣＨＩのもので揃えますよね？」

「……あぁ」

テキパキとした美兎の質問に、陸斗は力なく返事をした。

◆　◇　◆

「フラれてやーんの」

その声は美兎の背中が社長室から消えたすぐ後にかけられた。陸斗はその言葉を発した友人をじっとりとした目で睨《にら》み付ける。

「……うるさい」

「ようやく自分の気持ちに気がついたってところか。正直、一生気づかないもんだと思ってたんだが、さすがにそこまでニブちんじゃなかったなぁ！」

ニヤニヤと笑う新垣を一瞥《いちべつ》して、陸斗は鼻を鳴らしながら窓の外を見た。無視を決め込む算段だ。

不機嫌になった陸斗に構うことなく、新垣はさらに笑みを強くした。

「まさか彼氏がいるんじゃないかって噂で、自分の気持ちに気がつくとはなぁ。『失って　初めて気づく　恋心』ってところか」

「なんだその五・七・五は！　大体、失っていないし、恋人の件もただの噂だ！」

たまらずといった感じで言葉を返す。

陸斗は昨晩、美兎の彼氏を目撃したという社員を飲み会で質問攻めにした。目撃した社員曰《いわ》く『確かに美兎は男といたが、それが彼氏だったかはわからない。けれど、とても仲がよさそうに見えた』とのことだったので、陸斗の中では『大熊に彼氏はいない』となっているらしい。そこには彼の信じたくない心が反映されていた。

「美兎ちゃん綺麗《きれい》だからなぁ。本当に彼氏の一人や二人いてもおかしくなさそうだけど」

「大熊はそんな尻軽な女じゃない。いたとしても一人だ！」

「え？　一人だったら彼氏いてもいいの？」

「いいわけないだろう！」

勢いのまま、机を叩き立ち上がる。

それを見て、新垣はまたおかしそうにケラケラと笑った。

「そんなに好きなのに今まで気がつかなかっただなんて、お前ってば本当に自分の気持ちに鈍いよなぁ」

目の端にたまった涙を拭いながら、新垣は続ける。

「俺から見たら、陸斗はもう入社してきた時から美兎ちゃんのこと気になってたぞ」

その言葉に、陸斗の鼻筋に皺《しわ》が寄る。

「そんなわけない！　五年前からというのは、さすがに話を盛りすぎだ！　よくて一、二年前からに決まってる！」

「じゃあ、聞くけどさ。あの年に入社した人間、美兎ちゃん以外に誰か思い出せるか？」

陸斗はピタリと動きを止めた。そのまましばらく虚空《こくう》を見つめ、首をひねった。

「伊藤《いとう》……」

「それは次の年」

「……坂田《さかた》」

「彼は中途。お前が引っ張ってきたんだろ？」

「…………津島《つしま》」

「おしい！　津山《つやま》って子はいたぞ。もう辞めたけどな！」

陸斗は眉間の皺《しわ》をもむ。

考えてみれば、社員の顔と名前はほとんど把握《はあく》しているが、入社した時のことを鮮明に思い出せるのは美兎だけである。その事実に行き着き、陸斗は頭が痛くなる思いがした。

「まぁ、美兎ちゃんは入社試験の時から割と個性が強烈だったし、わからなくもないんだけどな」

陸斗は美兎と初めて会った時のことを思い出す。初々《ういうい》しいリクルートスーツに身を包んだ彼女は、背筋を伸ばしたまま、真剣な表情でこうのたまったのだ。

『私は御社のしっかりとお給料がもらえるところに惚れ込みました！　御社に入社させていただいた暁《あかつき》には、お給料分の仕事はきっちりさせていただきたいと思います！』

後にも先にも、入社試験の場で、ああもはっきりと己の欲を出してきたのは彼女だけである。これには面接をしていた誰もが度肝を抜かれた。

「あの時、陸斗はなんて返したんだっけ？」

「……覚えてない」

「『まず君には、自分の本音を隠すことから学んでもらわないといけないな』……だったかな？」

「覚えてるなら聞くな」

今思い出しても笑ってしまう出会いである。しかし、それ故に印象が強く、美兎の嘘のつけないまっすぐさが気に入り、入社という運びになったのだ。

「入社してからも彼女の動向を気にしてる感じだったたし。割とあからさまだったと思うけどなぁ」

確かに、入社してからも陸斗は『あの馬鹿正直娘は大丈夫か？』と、彼女直属の上司に何度か確認をしていた。しかし、そんな心配をよそに、彼女はめきめきと頭角を現し、三年前、前任の社長秘書が独立したのをきっかけに、陸斗の右腕となったのである。

その時にはもう『馬鹿正直娘』ではなく、今の凛々しい『大熊美兎』になっていた。

「本当に彼氏がいると思うか？」

陸斗の問いに新垣は肩をすくめる。

「さぁ。でもま、いたら諦《あきら》めるってわけでもないだろ？」

「……そうだな」

「なら、考えるだけ無駄じゃないか」

新垣のこういうからっとした性格が、陸斗はたまに本当にうらやましくなる。良くも悪くも考えすぎてしまう自分とはいろいろ正反対だ。思い返してみれば、陸斗と新垣が会社を立ち上げたのも、彼の『一緒にアパレルショップ経営しないか？』という一言がきっかけだった。それから一年かけて下地を作り、二十四歳の時に二人は独立したのだ。

「そういえば、宏司さんから『一度家に帰ってくるように』って連絡があったぞ」

「……なんでお前のところに連絡が行くんだ」

「陸斗が親父さんのこと嫌って、着信拒否にしてるからだろ」

話が自分の父親のことになり、陸斗は難しい顔つきになる。先ほどまでの渋い顔ではなく、暗くよどんだ表情だ。

「なんて答えたんだ？」

「いつもの通り『わかりました。伝えておきます』で終わらせたよ。ただ、あんまり無下にすると宏司さんも実力行使してくるかもしれないぞ。一度、顔出しとくのも手じゃないか？」

「……そうだな」

やる気のない声を出しながら、陸斗は一つため息をついた。

◆
◇
◆

「早く行かないとなくなっちゃう！」

仕事を定時で終わらせた美兎は、スーパーに向かって走っていた。その理由は『卵』である。

いつも美兎が行っているスーパーは水曜日になると、毎週卵が一パック九十円になるのだ。美兎はそれを狙っているのである。

卵は客を誘い込むための撒き餌《まえ》なので数は十分に用意されているのだが、それでも夕方にはなくなってしまうことのほうが多い。定時で仕事を上がり、スーパーまで走っても、最後の一つを目の前でかっさらわれることもしばしばだ。

（よっし！　ちょうど信号がいい感じで変わりそう！）

そう思いながらスピードを上げたその時だ。

けたたましいブレーキ音を響かせて黒塗りの高級車が目の前を塞《ふさ》ぐように止まったのだ。たった今渡ろうと思っていた横断歩道をまたぐ形で止まった高級車に、美兎は一瞬ぶつかりそうになり蹈鞴《たたら》を踏んだ。

「ちょっと、なに!?」

驚きで顔を強ばらせていると、後部座席の窓がゆっくりと開く。そして、五十代後半だと思われる男性が顔をのぞかせた。

(あれ、この顔どこかで……)

「大熊さん？」

「はぃ!?」

「君の名前は『大熊美兎』さんで合ってるかな？」

優しいのに、妙に威厳を感じる声である。美兎は知らず知らずのうちに背筋を伸ばした。

「そう、ですが」

「そうか」

車に乗っている男性は何やら指で運転手に合図を送る。すると、うしろについてきていた、これまた黒塗りの高級車から、いかつい外国人が三人ほどぞろぞろと出てきた。黒いスーツを纏《まと》った彼らは、映画でたまに見る富豪のSPのようである。

「君を我が家に招待しよう」

「はい!?」

「それじゃ。よろしく」

抵抗する間もなく、美兎は担がれ、車に乗せられた。

そして、たどり着いたのは――

（ここ、どこなの……）

大きなお屋敷だった。

案内がいなければ迷いそうなほどのだだっ広い土地に、大きな日本家屋。廊下から見えたのは日本庭園で間違いないだろう。手前には湖のような大きい池があり、自分の給料より高いだろう鯉《こい》が、悠々と身体をくねらせながら泳いでいた。

そのお屋敷の客間に美兎はいた。身体を強ばらせ、畳の上で正座をしている。目の前の机には高級玉露《ぎょくろ》。口を付けたが、緊張のためか、舌が馬鹿なためか、味はまったくわからなかった。

部屋の外には先ほど自分を拉致したＳＰ風のマッチョたちが待機していた。おそらく彼女を逃さないためにいるのだろう。

美兎は混乱した頭で必死に情報を整理していく。

（もしかして、なんかやばい人に攫《さら》われてきた感じ？　誘拐？　身代金？　人身売買？）

悪い考えが脳裏をよぎり、握っている手に力がこもった。冷や汗も噴き出す。

（いやでも、こんなお屋敷に住んでる人がウチみたいな平々凡々な家庭から身代金を要求するとは思えないし！　そもそも、あの顔どこかで見たことある気がするのよね。どこだったかしら……）

美兎が記憶を蘇《よみがえ》らせていると、不意にうしろから人の気配がした。振り返ると、美兎を攫《さら》った張本人が着物姿でそこにいる。彼はうしろ手で戸を閉め、美兎の正面に座った。何が描いてあるかわからない掛け軸と壺を背負う姿は、まるでヤクザの組長のようだ。

「待たせたかね」

「いえ……」

「すまないね、いきなりこんな形で」

目尻に皺《しわ》を寄せ、彼は温和そうな笑みを浮かべている。見た目はただの優しそうなおじさんという感じだ。

何を言われるのか見当もつかない美兎は、緊張のあまり生唾《なまつば》を呑んだ。

「君を招待したのは、息子のことで折り入って頼みがあるからなんだ」

「息子?」

「あぁ、神宮寺陸斗。ウチの長男が君にいつもお世話になっているみたいだね」

「あー!」

既視感の正体に、美兎は思わず目の前の人物を指でさしてしまう。

(そうだ! そうだそうだ! 社長に似てるんだ!!)

ほとんど毎日見ている顔に、目の前の男はそっくりだった。未来からやってきた陸斗だと言われたら、信じてしまいそうなぐらいそっくりな顔つきである。

(——と、いうことは、神宮寺宏司⁉ JINGUのCEO⁉)

驚きの次は、恐怖で顔が引きつった。

JINGUは、日本でスマホなどの電気通信サービスを提供している会社である。シェア率は常にトップを争っており、日本でＪＩＮＧＵの存在を知らない者はまずいないだろう。ＪＩＮＧＵはＪＩＮＧＵグループジャパンの傘下にあり、そこのＣＥＯも現在、神宮寺宏司が兼任していた。

最近は次期ＣＥＯである神宮寺成海《なるみ》ばかりが経済誌の表紙を飾っているが、数年前までは彼が経済誌の顔だった。

そして、Ｕ－Ｖｉｏｌｅｔｔｅの社長、神宮司陸斗は彼の息子なのである。

美兎は思わず、その場で頭を下げた。

「し、失礼しました！　社長のお父さんだとはつゆ知らず!!」

「無理もない。最近は、私が表に出ることも減っているからね。それに、今日はとても個人的な用事で君を呼び出したんだ。だから、そう畏《かしこ》まらなくていい」

「こ、個人的な用事？」

「そう、私は君に折り入って頼みがある」

宏司は居住まいを正す。そして、机の天板に手を置き、深く美兎に頭を下げた。

「どうか、私に陸斗の情報を売ってほしい！」

「はぃい!?」

今まで出したことのないような声を上げて、彼女はふたたび頬を引きつらせた。

宏司から話を聞いた美兎は、なるほど、と一人頷いた。

「つまり、私に陸斗社長との仲を取り持って欲しいと、そう言っているわけですか？」

「そこまではさすがに望んでいないよ。もちろんそうなればいいとは思っているけどね。ただ、陸斗がウチにあまり顔を出さなくなって、もう九年になる。……正直、少し心配なんだよ。あの子は自分のことをまったく話さないから。特に私にはもう何も話してくれないからね」

宏司の話によると、陸斗は大学を出てから今に至るまで、ほとんどこちらの家に帰ってきていないらしい。最後に顔を出したのは、二年前の正月。それ以降は連絡もなく、電話も着信拒否にされているというのだ。なので、連絡はいつも新垣を通して行《おこな》われるのだという。

陸斗が家に寄りつかなくなったのは、彼の独立を宏司が反対したのがきっかけらしい。

二人とも元々そんなに激高するような性格ではないのだが、その時ばかりは屋敷中に響き渡るような声で怒鳴り合ったのだという。

確かに、後継者にと育てていた長男がいきなり『独立する！』と言いだしたのだ。宏司の止めようとする気持ちもわからなくもない。しかしそのやりとりで、宏司と陸斗の溝《みぞ》は決定的なものになってしまった。

宏司は落ち込んでいるような表情で、じっと下を向く。

「会社の機密を教えてくれと頼んでいるわけじゃないんだ。私は親心として普段の陸斗がどういうことをしているのかが知りたいだけなんだ。何か困っているのなら手助けしてやりたいし、とにかく、状況が知りたい」

「ですが……」

「金なら払う！　だからどうか」

「えっと……」

普通ならばここで突っぱねるべきだろう。どんな理由であれ、親子の複雑な問題に他人が口を出すべきではないからだ。

美兎だってそのことは重々承知していた。しかし——

「たいしたことは調べられないと思いますよ。それこそ、私が調べられる情報は、もう宏司CEOが知っている情報ばかりになると思います」

「それでもいい！」

「仲直りの手助けになるとは正直思えません」

「それでもだ！」

「好きな色とか、好きな食べ物とか、そういう情報しか集められないかも……」

「それだって知りたい情報だ。是非、頼む!!」

「……はい。わかりました」

彼女は断り切れなかった。

自分が両親を亡くしているせいか、どうにもこういう類《たぐ》いの頼み事には弱いのである。生きていれば彼女の父親もきっと宏司ぐらいの年齢で、自分も同じような悩みで父親や母親に心配をかけていたかもしれない。そう思ったら、子供と仲直りがしたいという宏司の頼みを、美兎は無下に断ることはできなかったのだ。

第二章　一歩進んで

「――と言っても、どうすればいいのか……」

宏司に拉致され、変な頼み事を受けてしまってから数日後。週末になり、美兎は近所のスーパーで買い物かごの入ったカートを押しながら、こめかみを押さえた。

一週間分の食材が入ったかごは山盛りで、今にもあふれてしまいそうだ。

（何でもいいって言ってたけど、宏司ＣＥＯはどんな情報が知りたいんだろ。私、社長のプライベートとかほとんど知らないしなぁ……）

陸斗との付き合い自体は長いが、秘書をしているのはここ三年ほどの話だ。仲が悪いというわけではないし、むしろ関係は良好だとも思っているが、プライベートをさらけ出すほどの個人的な付き合いはない。

（私が知っていることといったら、ああ見えて赤色を好んで身につけることとか、化粧の濃い女性があんまり得意じゃないこととか、サッカー観戦が好きで、ワールドカップの時期はそわそわしてることぐらいかなぁ……）

この三年間で見てきた陸斗のネクタイの色やパーティでの様子を思い浮かべながら、美兎は知っていることを並べる。

（あと、占いとか信じないとか言っている割に、朝の情報番組の占いを妙に意識してることとか、会社を設立して初めて買った万年筆をお守りとしてずっと持ち歩いていることとか……って、こう考えたら私って、結構社長のこと知ってるかも？）

そんなことを考えながらカートを進ませていたからか、前に人がいるのに気づかなかった。カートは見事に前の男性の踵《かかと》とアキレス腱《けん》に当たり、彼は痛みと驚きで身体を跳ねさせた。

「いっ！」

「あ、ごめんなさい!!　――って、え？　社長!?」

「お、大熊!?」

美兎がカートをぶつけたのは、先ほどまで頭に思い浮かべていた人物、神宮司陸斗、その人だった。

いつもはスーツ姿だが、今はジーンズとスウェットパーカー。上にはチェスターコートを羽織っている。なんてことない私服だが、彼が着るとどうしておしゃれに見えるのだろうか。

「社長、こんなところでなにしてるんですか？」

「なにって、普通に昼食の買い出しだが」

「昼食……」

興味本位で美兎は陸斗のかごをのぞき見る。そして、絶句した。

かごの中にあったのは栄養補助食品。ゼリータイプやブロックタイプなど種類は様々だが、基本的には同じものである。それが何十個と山のようにかごの中に入っているのだ。

美兎はそれらを指さし、恐る恐る口を開く。

「……社長。今日は何か急ぎの仕事でもされているんですか？」

ちゃんとした食事もできないほど何かに追われているのではないか、と心配になりそう聞けば、陸斗はこともなげに首を振った。

「そういうわけじゃないが。ちょうどストックを切らしていてな。ネットで頼んでもよかったんだが、今日の昼には間に合わないだろう？　だから気分転換に直接買いに来たんだ。これから薬局でサプリメントも選ぼうかと……」

「サプリメント……」

「これらだけだと、どうしても栄養が偏ってしまうからな」

さも当たり前だと言わんばかりの彼に、美兎は頭が痛くなる思いがした。

「社長。まさかとは思いますけど、毎食こんな食事をしてるわけじゃないですよね？」

「いや。さすがにそれはない」

陸斗の否定に美兎もほっと胸を撫でおろす。しかし、安心したのもつかの間、陸斗の口からとんでもない言葉が飛び出してきた。

「まぁ、平日の昼食以外は大体これだがな」

「はぁ!?」

話を聞くと、朝は作るのが面倒くさいし、夕食は急に誘われることもあるので材料を揃えての自炊は難しい。最初の頃はデリバリーや外食もしていたらしいのだが、次第に面倒くさくなり、こういう手軽な形に落ち着いたのだという。

陸斗は好き嫌いもなく、食事にあまり頓着《とんちゃく》しない性格なのは知っていたが、毎朝毎晩、栄養補助食品で満足できるほど食べることへの関心が低い人間だとは思わなかった。

「社長！」

美兎はぐっと陸斗に顔を寄せる。その瞬間、陸斗の頬がほんのり染まった。

「な、なんだ？」

「今日の昼食、一緒に食べましょう！」

「は？」

陸斗は目を丸くしたまま、不抜けた声を出した。


「どうぞ。適当に作ったものですが」

そう言って出した食事を、陸斗はまじまじと見つめた。

場所は美兎と知己が住んでいるマンションの一室。そのリビングにあるローテーブルの前に陸斗は座っていた。彼の前では、美兎が作ったばかりのオムライスがふわふわと湯気を立てている。隣にはお湯で溶かしただけのコンソメスープ。

「これは？」

「オムライスです」

「それはわかる。俺がわからないのはこの状況なんだが……」

「それは……」

それは確かに美兎にもわからなかった。

気がついた時には彼の腕を引いていて、我に返った時には彼を部屋に招き入れていて、正気に戻った時には彼のためにフライパンで卵を焼いていたのだ。

現在のこの状況は、勢いのたまものである。

（いやだって、あんなもので毎食済ませてるとか聞いたらさ……）

放っておけるわけがない。ましてや美兎は世話焼きなのだ。絶対に、口が滑っても言えないが、弟の知己と陸斗が、あの時ばかりは重なってしまった。

（でも、どう言おう。正直に言うのもどうかと思うし……）

仮にも目上の人間を心配するというのはどうなのだろうか。

美兎は自分の分のオムライスを彼の正面の席に置き、そこに座った。

「えっと……、社長に私の手料理を食べてもらいたくなりまして……」

「急に？」

「はい。それはもう唐突に」

「……嘘だな」

「……」

そう断じられてしまえば、黙るほかない。自分でも苦しい言い訳だとは思ったが、どうやらそのまま流させてはくれないようだった。次はどう言おうかと美兎が悩んでいると、正面の陸斗が肩を震わせて笑い始める。

美兎は眉根を寄せ、目を半眼《はんがん》にさせた。

「……社長？」

「悪い。心配してくれたんだろう？　ありがとう」

「……いえ」

なんだか気恥《きは》ずかしくなり、頬が熱くなった。

「一応聞くが、これは食べてもいいのか？」

「どうぞ。お口に合うかわかりませんが」

「……いただきます」

小さくそう言って、彼はスプーンを取った。そして、表面だけ半生に焼けた卵を裂き、その下のチキンライスと一緒に掬《すく》い上げた。そうして一口。

「……ん。うまいな」

陸斗が発した一言を聞いて、美兎の身体は弛緩《しかん》した。どうやら上司に手料理を食べさせるという異常事態に、身体が気づかないうちに緊張していたようだった。

「大熊は食べないのか？」

「食べますよ」

そう答えて、美兎もオムライスを口に運ぶ。卵の焼き加減もチキンライスの味付けもなかなか上出来だ。

「ん」

「うまいだろ？」

「なんで社長が、そこで胸を張るんですか」

「そういえば、なんでだろうな」

陸斗が笑うのにつられて、美兎も笑みを浮かべる。

こうしてよくわからない休日の昼食タイムは始まったのである。

◆◇◆

（これはさすがに脈があると思ってもいいんじゃないか？）

オムライスを口に運びながら、陸斗は口元の緩みを必死で隠していた。いきなりスーパーで『今日の昼食、一緒に食べましょう！』と言われた時は心底驚いたが、まさかこんなことになるとは思ってもみなかった。

部屋に呼ばれ、手作りの料理を振る舞ってもらい、二人っきりで一緒に食べる。こんな状況、相手に脈がなくてはあり得ない。

しかも、彼女の料理はすごく陸斗好みだった。彼女が料理上手というのはもちろんあるのだろうが、そもそもの味覚が似ているのだと思う。どんな有名フレンチレストランのシェフが作ったものだろうが、口に合わない時は合わないからだ。

（これが毎日食べられたら最高だな）

陸斗は『もしも』を想像する。

恋人になった美兎が陸斗のマンションでキッチンに立ちながら「おかえりなさい」と陸斗を出迎える。部屋にはおいしそうな匂いが充満していて、部屋に入ると温かい食事と微笑む美兎の姿があるのだ。

（いい！　すごくいい！）

自分の妄想に内心ガッツポーズだ。グッジョブ。よくやった。

毎日は無理だろうが、休日なんかは一緒に作っても楽しいだろう。むしろ、陸斗が振る舞ってもいいかもしれない。陸斗は食べ物に興味はないが、料理ができないわけではないのだ。むしろ、得意と言ってもいい。彼女が自分の料理を食べて「おいしい！」と笑ってくれたら……。その想像だけで胸が温かくなる。

いろいろと妄想を膨らませていたせいか、それとも単純に彼女の料理がおいしかったからか。あっという間にオムライスの皿は綺麗《きれい》になっていく。

「ごちそうさまでした」

そう手を合わせたのは、食べ始めてから十五分も経っていない頃だった。陸斗にしては早すぎる記録だ。

「お粗末様でした」

美兎は嬉しそうにそう言ってはにかむ。会社では決して見られないような気の抜けた笑みに、また頬が緩んだ。

(ほんと可愛いな)

知れば知るほど彼女の深みにはまっていく気がする。気づいた時はもう沼の中にいたが、意識をしだすと沈んでいく速度はその倍だ。しかも、まだ底が見えない。それがちょっと恐ろしかった。

「大熊は料理が上手なんだな」

「そうですね。基本的に料理は私がやっていますから」

「ん？」

「掃除は知己に任せてます」

「トモキ？」

(トモキ……ちゃん？)

あり得なくはないだろうが、ニュアンス的に男性を指しているのだろう。女性を指すなら、彼女はきっと『トモキさん』や『トモキちゃん』と言うだろうからだ。

(待て、なんで今ここで男の名前が出てくるんだ!?)

陸斗の顔はみるみるうちに強ばっていく。マンションの部屋を見渡し、恐る恐る口を開いた。

「そういえば、ここ一人で住むには広くないか？」

「そうですね。二人でもちょっと広いぐらいですからね」

「ふたり？」

「はい」

美兎の肯定に頭痛がした。脳裏に蘇《よみがえ》るのは彼女に恋人がいるという例の噂だ。会社の飲み会に参加するのも嫌う、ヤンデレ彼氏。一部ではそんな風に囁《ささや》かれている。

「君は、その、トモキとかいうやつと一緒に暮らしてるのか？」

「え？　はい。そうですけど」

「そのトモキというのは、実はお父さんだったり？」

「しませんね」

今度は眩暈《めまい》がする。そんな陸斗の様子に美兎が首をひねったその時だった。

「ただいまー！」

玄関の扉が開く音とともに、元気な声がその場にこだました。

「あ、帰ってきた。おかえりなさい！」

「は？」

「ただいま！　うわぁ、なんかめっちゃいいにお……へ？」

「……」

知己と陸斗は互いに見つめ合いながら固まる。

(なんでよりにもよって、今帰ってくるんだ……)

楽しい雰囲気が一気に台無しである。いや、少し前から不穏な空気は流れていたのだが、これに比べれば可愛いものだ。

陸斗は彼女の恋人だろう男をじっと観察する。噂通り確かにイケメンだが、自分のほうが顔がいいし、いろんな意味でスマートだ。見たところ美兎よりもずいぶんと年下のようなので、経済面的にも陸斗のほうが分《ぶ》があるだろう。

（大丈夫だ。同棲しているという事実を除けば、俺のほうが優勢だ！）

一番除いてはならない事実を計算に入れないまま、陸斗は強ばった表情で頷いた。一方の知己は、知らない男の登場に目を瞬かせていた。

「ねぇ、この人誰？」

知己は陸斗に人指し指を向けてくる。普段はそれぐらいで苛つかないが、相手が彼女の恋人（仮）というだけで、その仕草になんだかちょっとムッとした。

「あぁ、紹介するわね。この人はうちの会社の社長。神宮寺陸斗さん」

美兎は陸斗のことを手のひらで指しながらそう紹介する。そして、今度はその手を知己に向けた。

「社長、紹介しますね。弟の知己です」

「は？　……弟？」

「はい。弟です」

思いも寄らぬ答えに、陸斗はしばらく思考回路を停止させたのだった。

◆　◇　◆

「なぁんだ、びっくりした！　いきなり姉ちゃんが彼氏連れてきたのかと思ったわー」

「なんでそうなるのよ……」

大学のサークル活動から帰ってきた知己は、陸斗の側であぐらをかいていた。どういうわけか陸斗のことが気に入ったらしく、その距離は近い。同性で気が緩んだのだろうか、陸斗も心なしか安心した表情で知己といくつか会話を交わしていた。

(知己が帰ってきた時、社長の顔が強ばっているような気がしたけど、気のせいだったみたいね！)

美兎は二人を見ながらほっと息をつく。

仲がいいのならこれ以上のことはない。二人が今後会うことはほとんどないかもしれないが、自分の身内と会社の上司が仲が悪いというのも、なんだか面倒くさそうだからだ。

「姉弟で一緒に住んでるとか、二人はずいぶんと仲がいいんだな」

陸斗は室内を見渡す。二人で住むにしてもこのマンションは広すぎる。３ＬＤＫのファミリー向けマンションだ。

「そうですね。悪くはないですね」

「一緒に住んでるというか、俺たち、ここが実家だからなー」

ポロリとこぼした言葉に陸斗は顔を上げた。

「実家？　ということは、お父さんとお母さんもここに？」

「あ、親父とお袋はもうずいぶん前に死んでるんですよ。なので、俺ら二人暮らしなんです！」

「知己！」

口を滑らせた知己を美兎は鋭く注意する。

「なに、言っちゃだめだった？」

「すまない。なんだか込み入ったことを聞いたみたいだな」

困ったような顔で頭を下げる陸斗に、美兎は「いえ」と答える。そうして、弟に向き合った。

「ほら、そういうことを言うと、気を遣わせちゃうでしょ？」

「あ、そっか。ごめんなさい」

知己はしゅんとなり、素直に頭を下げた。

「いや。でもそれなら、今まで二人で大変だったんじゃないか？」

「そこまでは……」

「保険金も入ってきたし、住むところもあったし、何よりうちは姉ちゃんがしっかりしてたんで、大丈夫でしたよ！」

「だーかーらー……」

美兎はこめかみを押さえる。彼女は家族のことを誰かに話すのはあまり好きではなかった。変に同情されたくなかったからだ。

父と母が遺してくれたお金もあり、何不自由なくとはいかなくても、さしたる不自由はなく二人は暮らしていけている。なのに父と母の不在を『可哀想』と言われたら、それこそ父と母が『可哀想』だ。私たちは『可哀想』ではないし、父と母が万が一のためにと備えてくれていたお金で今もなお育ててもらっている。だから同情はいらないし、励ましもいらない。どういう言葉をかけてもらっても、曖昧《あいまい》な表情しか浮かべられない。

でも、そういう言葉しか出てこない相手側の気持ちもわかるのだ。だからこそ話題に触れないのが最善だと美兎は考えていた。

「そうか、二人のご両親は立派な方だったんだな」

「へ？」

今までにない反応に美兎は陸斗を見た。彼は柔和な表情を浮かべながら続ける。

「マンションもお金も万が一の時のために残して、姉弟も仲がよく、しっかりとしている。ご両親は二人とも立派な方だったんだな」

「それは……」

「そうなんですよ！」

美兎が返す前に知己が答える。

「陸斗さん、すっごい！　そうなんですよ！　そう！　うちの両親、すごいんですよ！　そういう反応いいですね！　すっごく新鮮でめっちゃ好きです！」

「そ、そうか？」

「はい！」

歯を見せながら知己は笑う。彼も少なからず美兎と同じことを思っていたのだろう。陸斗の反応に、彼はしっぽを振って喜んでいた。

（知己ったら。あとでちょっとお説教しなくっちゃ）

目上の人になんて態度をとるのだ。そうは思ったが、美兎も同じ意見だった。今まで同情や励ましは幾度となく受けてきたが、両親を褒めてもらったのは初めてで、なんだか胸がぽかぽかと温かくなる。

(そっか、私はこんな風に言ってほしかったんだ)

それは新しい発見だった。

知己は陸斗の手を取る。

「ってことで、陸斗さん。姉ちゃんにいい人紹介してやってください！」

「は？」

「ちょっと！」

突然わけのわからないことを言い出した知己に美兎は焦る。

「うちの姉ちゃんしっかりしてるでしょ？　でも、そのせいですっごい守銭奴《しゅせんど》になっちゃって。会社の飲み会にも『お金がかかるからー』って全然参加しないんですよ！　おかげで恋人の一人もできやしなくて、弟としてはちょっと心配してるんです」

「ほぉ」

「もうっ！　こういうところでそういう話はしないの！」

恥《は》ずかしくて顔が熱くなる。もう物理的に口でも塞《ふさ》がないと彼は止まれないのだろうか。

「なんで、陸斗さん。姉ちゃんにいい人紹介してやってくださいよ。このままじゃ完全に嫁《い》き遅れちゃいますよ。なんなら俺は陸斗さんでも……」

「本気で失礼だからやめなさい！」

たまらずその場で叱《しか》ってしまう。社長と……なんて、想像もできない。知己は彼をよく知らないからそんなことが言えるのだ。

清潔感があって、顔もよく、仕事もできて、美兎の会社の社長で、神宮寺家の御曹司。もうはっきり言って殿上人《てんじょうびと》である。漫画やドラマから飛び出してきたキャラでもこんな役満《やくまん》いないだろう。そんな人との恋愛など、考えるだけでもおこがましいというものだ。なのに……

「大熊がいいんなら、俺はいいぞ」

「お！　やったね、姉ちゃん！」

陸斗の冗談に知己が乗る。からかい半分でそんな風に言われて、ちょっとカチンときてしまった。本気で付き合う気がないのなら、こういうことは言わないでもらいたい。

(もう、さっきはちょっと本気でときめいたのに!!)

両親を褒められた時に上がった好感度が一気に下がっていく。

美兎は口をすぼめたまま「もう、知りません！」と背を向けた。すると、そのタイミングを見計らったかのように知己が「陸斗さん、ゲームしない？」と声をかけた。どうやら知己は陸斗のことを相当気に入ったらしい。

「ゲーム？」

「テレビゲームだよ。車を走らせるゲーム！　よーいドンで車を走らせて一着だった人の勝ち！大学の友達とハマってるんだけど、最近、大空《ひろたか》が相手してくれなくてさー。仕事忙しくて学校もあんまり来ないし」

「この手のゲームはほとんどしたことがないから、俺で相手になるかわからんぞ？」

「大丈夫、大丈夫！　教えてあげるから！」

知己はテレビをつけ、ゲーム機を起動させる。コントローラーを渡しながら説明をしているうしろ姿は、何となく兄弟っぽかった。

（お兄ちゃん欲しいって、昔はよく言ってたもんね）

『なんで姉ちゃんは姉ちゃんなの？』

そう言われて困惑した過去を思い出す。あれはまだ彼が五歳の時だった。

「よし、説明はこんな感じかな。あとは、モチベーションか」

「モチベーション？」

「陸斗さんって、あれでしょ？　弟とかいたらゲームではわざと負けてあげる感じのお兄さんでしょ？」

「まぁ、そうだな。テレビゲームはあまり経験ないが……」

「昔は何して遊んだんですか？」

陸斗の反応が気になり、美兎は思わずそう聞いた。陸斗は顎《あご》を撫でる。

「遊びはいろいろしたが、一番白熱したのは投資かな」

「投資？」

「父から勧められた遊びなんだがな。借りた元金をどこまで増やせるか競うんだ。よく成海とは増えた額を競い合ってたな」

「うーわ……」

本物の現金を使った遊びに頬が引きつる。さすが、名家として知られる神宮寺家の長男だ。幼い頃の教育にも余念がない。

「わざとちょっと悪い銘柄を買って負けてやるんだが、そのたびに成海が『まじめにやれ！』と怒ってな……」

「なんか、貴族の遊びって感じですね」

「ん？」

「何でもありません」

普段は気さくで近い存在のように思えてしまう陸斗だが、こんな幼少期の話を聞くとやはり違う世界の人間なのだなと実感してしまう。

「ってことで、俺考えました！」

知己は背中からアルバムを取り出した。ピンク色の可愛らしいアルバムには『美兎五歳』と書かれてある。

「ちょ、それ！」

「俺に勝ったら、姉ちゃんのアルバム見せてあげるって言ったら、モチベーション上がる？　ちなみにアルバムは選択式で、高校三年生の時まであるよ」

「やだやだやだやだ！　なんでそんなもの持ちだしてるのよ！　大体、そんなんで社長がやる気になるわけ――」

次の瞬間、陸斗は立ち上がった。そして着ていたスウェットパーカーを脱ぎ、中のシャツを腕まくりする。

「よしっ」

「なんで、急に意気込んでるんですか、社長!!」

「陸斗さんノリいい！」

「知己もホントやめて!!」

そうして、美兎はハラハラしながら二人の勝負の行く末を見守ることとなったのだった。


「こんな遅い時間まで世話になったな」

陸斗が玄関に立ったのは十八時を少し過ぎた辺りだった。美兎は彼を見送りながら、首を振る。

「いえ。私から誘ったので気にしないでください。それに、知己の相手をしていただき、ありがとうございました」

「いや、俺も面白かった。久々に童心に返った気がするよ」

「知己もとても楽しそうでした」

「それはよかった」

陸斗は微笑んだ。その表情に、ちょっとドキッとする。今日は知らない彼をたくさん見たような気がして、ちょっと特別な気分になってくる。

美兎は陸斗にビニール袋を差しだす。その中には大きめのプラスチック容器が二つほど入っていた。

「社長、これ」

「なんだこれは？」

「夕飯です。一緒に作っておきましたので、よかったら家で食べてください」

陸斗は驚きながらも袋を受け取る。そして、中を見てまた大きく目を見開いた。

「結構量があるな」

「冷蔵庫に入れておけば明日ぐらいまでなら持ちますので、よかったら分けて食べてください。どうせ明日の晩もあのゼリーで済ます気だったんでしょう」

「……ありがとう。大切に食べるよ」

その低い声に、なぜかまた一つ心臓が高鳴った。

（なんだろう。いつもは何とも思わないのにな……）

知らない彼の一面を見て、頭が混乱しているのだろうか。美兎はふわふわとしてきた頭を切り替えるように頭を振った。そして、業務で使う時のような硬い声を出す。

「あの、社長。すごく差し出がましいんですが、あんな食事ばかり続けてたら身体壊しますよ？食事を作るのがめんどくさいのなら、お弁当を頼むとか、誰かに作ってもらうとかしたほうがいいと思います」

「そうだな。まぁ、善処する」

「……その答え方。さては改善する気ないでしょう？」

「ははは、バレたか」

「もー」

美兎としては本気で心配してそう言っているのだが、彼は聞く耳を持ってくれない。確かに栄養補助食品は手軽かもしれないが、あれでは栄養は得られても、食事の楽しみは得られないだろう。

「それならさ、これからもちょくちょく食べに来たら？」

「え？」

声のしたほうを振り返れば、知己がいた。彼はニマニマとした笑みで二人を見つめている。

「ほら、アルバムまだ全部見てないでしょ？　俺も、遊び相手ができて楽しいし、また来てよ！」

知己の提案に、陸斗は少し考えたのち、口を開いた。

「それは魅力的な誘いだが、さすがに悪いな。毎日早い時間に上がれるわけじゃないし、大熊にも悪いだろう？」

「は？」

「それなら、たまにでいいなら社長のマンションまで作りに行きましょうか？」

「あ」

自分の発言に美兎自身が一番びっくりした。慌てて口を覆うが、時すでに遅し。陸斗は信じられないものを見るような目で彼女を見つめていた。

（最悪。絶対、変な女だって思われた!!）

「あ、いや。すみません。出過ぎたことを言いました！　忘れてください!!」

美兎は慌てて頭を下げる。心配になると余計なおせっかいを発動してしまう。昼間にも出てきた彼女の悪い癖だ。

（なんで本当に後先考えず発言しちゃうかな、私っ！）

これでは知己も叱《しか》れない。

次に口を開いたのは陸斗ではなく知己だった。

「いやいや、そうしなよ！　俺も最近、居酒屋のバイトで月水金は一緒に夕飯食べられないんだしさー」

「いや、だから！　さっきのは、口が滑っただけで――」

「俺も心配だったんだよねー。夜に俺いなくて、姉ちゃん大丈夫かなって。ほら、何かと怖いじゃん？　その点、陸斗さんと一緒にいてくれるなら俺も安心だわ！　それに、そういうことなら夜は陸斗さんのマンションまで迎えに行くし！」

「ちょっと！　そんなこと勝手に言わない！　社長にも迷惑でしょう！」

「いや。もし、大熊が嫌じゃないんならお願いしたいな」

その瞬間、呼吸が止まった。

「い、いいんですか？」

「それはこちらが聞くべき質問だろう。食事を作ってもらうんだからな」

「いやでも、知らない女性を家にあげるとか、そういうの社長嫌いですよね？」

「大熊は知らない女性じゃないだろう？　もちろん、大熊が嫌ならいいんだが……」

美兎は視線をさまよわせる。陸斗のために食事を作るのは嫌ではない。どちらにしろ家でも作るだろうし、そうなれば一人分作るのも二人分作るのも変わらないからだ。それに……

（一緒にいる機会が増えたら、宏司ＣＥＯに報告できることも増えるかな）

そんな下心も頭をもたげた。

宏司にこのことでお金をもらう気は一切ないが、一度受けた依頼なのだから、ちゃんとこなしたい。美兎はそう思っていた。

美兎は陸斗に頭を下げる。

「それじゃあ、よろしくお願いします」

「だから、それはこっちの台詞《せりふ》だろう」

陸斗はなぜか嬉しそうに頬を引き上げた。

◆　◇　◆

翌週末——

「これでいいな」

美兎が来る日を翌日に控え、陸斗はぐるりと自身の部屋を見渡した。

掃除の終わった室内はもはや生活感というものがなく、綺麗《きれい》を通り越してモデルハウスのような状態になっていた。普段からハウスキーパーを頼んでいるのでさほど汚れていなかったのと、物が異様に少なかったのが原因である。

「明日は、会社終わりにカフェで待ち合わせをして――」

ぶつくさと呟きながら、明日の段取りを整理していく。余計な噂が立たないようにと、待ち合わせは会社の外にした。食材はあらかじめ買っているので、買い物の必要はない。今までミネラルウォーターと栄養補助食品しか入ってなかった冷蔵庫内は、部屋とは真逆で、生活感にあふれていた。

陸斗は段取りを確かめ、椅子に身体を落とした。

「なんでこんなに緊張しているんだ」

冷や汗でわずかに湿った額《ひたい》に手を当てる。誰かと付き合った経験がないわけではないが、女性を部屋に招くのは、初めてだった。

「こんなに緊張したのはあの日以来だな……」

思い出すのは、会社を設立してまだ間もない頃だ。あの頃は経営も安定しておらず、月の決算ではたまに赤字を出していた。陸斗も今ほどの時間的余裕はなく、常に何かに追われているような生活をしていた。

そんな時、ある社員が提携先の社長を怒らせるというポカをやらかした。その社長は、当時始めたばかりの事業、『インクロ』に服を卸してくれていた有名ブランド会社の社長で、そこのブランド効果もあり『インクロ』は華々しい門出を迎えたと言っても過言ではなかった。

『有名ブランドの服が、定額で着放題！』

当時のキャッチコピーがそれだったぐらい、その会社との提携が当時の『インクロ』の生命線だった。

元々気難しいと言われていた社長はカンカンで、何度謝っても聞く耳を持ってくれず、最後には提携を打ち切るとまで言ってきた。なんとか頼み込み、話し合いの場を作ってはもらったものの、この話し合い次第では業績を上げ始めた『インクロ』の事業を畳まないといけないかもしれない。陸斗はそこまで追い詰められていた。

話し合いの前日。緊張で胃に穴が開きそうな陸斗は、休憩室に置いてある自販機で珈琲《コーヒー》を買っていた。眠気を冷まそうと思ったのだ。明日の資料の読み込みで、その日は会社で徹夜の予定だった。

終業時間はもうとっくに過ぎており、社員はもうほとんど帰っている。

そこに現れたのが美兎だった。

彼女は陸斗の持っている珈琲《コーヒー》をちらりと見た後、ココアを買う。そして、無遠慮にも彼の隣に腰かけてきた。さらにずけずけと『明日の話し合い、頑張ってくださいね』と彼の胃を刺してくる。

これには陸斗も渋い顔になった。

『明日の話し合い、なんとかなると思うか？』

陸斗がそう聞いたのはほとんど無意識だった。一連の話はやらかした社員によって、社員全員へともう伝えられていた。しかし、細部まで事情を知る由もない彼女にこんなことを聞いたってしょうがない。だから、その時の陸斗はきっと彼女に「大丈夫です」と無根拠に言ってもらいたかっただけなのだ。なのに、彼女は――

『なんともならないと思います。多分、提携は打ち切られるのではないかと』

とはっきり言ってきたのだ。思いもよらぬ言葉に、陸斗の頬は引きつる。

面接の時からわかっていたが、彼女は自身を繕うのが下手すぎる。

しかし、彼女はこうも続けた。

『だけど、きっと社長ならあの会社との提携が切れてもなんとかしてくれるって信じています』

彼女は微笑み、封の開いていない陸斗の珈琲《コーヒー》と自分のココアを交換する。そして、立ち上がった。

『明日、頑張ってください。隈《くま》、酷いですから、今日はちゃんと寝てくださいね』

それが美兎なりの励ましだったと気づいたのは彼女が出ていった直後で、彼女が渡してきた缶の温かさに不思議と肩の力が抜けたのを、今も確かに覚えている。


「新垣のやつめ。なにが五年前だ」

陸斗の気持ちは、きっとこの出来事がきっかけだった。入社した時の美兎の発言は確かにインパクトが大きかったが、それだけだ。好きになるきっかけではなかった。

そして向けた気持ちは、年月を経て徐々に大きくなり、陸斗さえも知らない間に張り裂けんばかりになっていた。

「本当に俺は自分の気持ちに鈍いんだな」

新垣は陸斗を『鈍い』と評していたが、確かにこれでは反論のしようがない。

「明日が、楽しみだな」

はにかむような美兎の顔を思い出しながら、陸斗は口を緩ませた。

◆◇◆

それから一か月後――

「ほら、着いたぞ」

「はい」

ドアを開けてもらい、美兎は車を降りた。そこはマンションの地下駐車場で、十九時を回った現在は少し薄暗い。真っ白な蛍光灯を見つめていると、ふいに肩を抱かれた。相手はもちろん陸斗だ。

「行くぞ」

まるで、恋人のように甘く微笑まれ、エレベーターに促《うなが》される。

階数を表示する電子板を見ながら、美兎は身を固くした。

(何回来たら慣れるのよ、私っ!)

そこは陸斗の住むマンションだった。

あの日から美兎は知己のいない月水金は陸斗のマンションに通っている。

基本的な流れは、帰宅時に車で一緒にマンションまで帰り、一緒に食事をして、日を跨ぐ前に車で家まで送ってもらう、という感じだ。食材は週末に一緒にスーパーへ行き、ある程度買い溜めしておくという感じである。なので週末を含めた週四日ほど、美兎は陸斗と一緒に過ごしていた。

エレベーターを降りると、もう陸斗の部屋は目の前だ。

陸斗はいつも通りに鍵を開け、美兎を招き入れてくれる。

「お邪魔します」

「なんだ、まだ緊張するのか」

美兎の硬い声に陸斗は肩を震わせる。

「そりゃ、緊張しますよ。お、男の人の部屋ですし！」

「一応、男として見られてたんだな。……それはよかった」

見事な流し目でそう言われ、不覚にもときめいてしまう。こういう思わせぶりな態度は、いつものことだ。そして、それをついかっこいいと思ってしまうのもいつものことである。

(なんでこう、いちいち色っぽいかなー！)

だから毎回このマンションに着くと、美兎は緊張してしまうのである。

家での彼と、会社での彼と、美兎の家での彼はまったくの別人だった。美兎の家では可愛く思えていた陸斗が、彼の家では途端に大人の男の人になる。急に、異性になるのだ。


美兎は部屋に置かせてもらっているエプロンをつけて料理を始める。陸斗もそれに並んだ。いつも『簡単なことなら俺にもできるぞ』と彼は料理を手伝ってくれるのだ。野菜を洗いながら、陸斗は長息を吐いた。

「はぁ。今日が待ち遠しかった」

「今週は月曜日も水曜日も接待が入っていましたもんね」

「なんで大熊との食事を断って、あんな爺にばかり付き合わないといけないのかと、毎回思うよ」

　陸斗のマンションに行くのは月水金と決まってはいるが、仕事次第では行かない日もままある。今週は忙しかったので、ほとんど来れていなかった。

「最近、大熊の料理ばかり食べてるせいかな。料亭の料理がまったくおいしくないんだ」

「さすがにそれは言い過ぎでは？　相手はプロですよ？」

「いや、言い過ぎじゃない。別にまずいわけじゃないんだが、口に合わないんだよな」

　ぶつくさ愚痴《ぐち》を言う陸斗に、美兎はぷっと噴き出した。

「社長って私の料理好きですよね」

「あぁ、好きだな」

　目を見ながらそう言われ、不覚にもドキッとした。心臓が跳ねて口から出そうになり、大慌てで陸斗から目をそらす。料理のことだとはわかっているのに、まるで自分を指して言われたような気分だった。

「あはは、お口に合ってよかったです」

「あぁ、いつもありがとう」

「どういたしまして……」

（なんか、まずい気がする）

　冷や汗を流しながら、美兎は野菜を炒める。

（私、社長のこと好きになりかけてる気がする）

きっかけは多分、昼食を一緒に食べようと誘った日だ。あの日からどうにも様子がおかしい。月曜日も水曜日も金曜日も待ち遠しいし、気がつけば陸斗が好きなメニューを必死に考えていたりする。それどころか、彼に触れられた場所を撫でてしまっている始末だ。

美兎は必死に頭を振る。冷静にならなければならない。彼のことを好きになってもきっと先はないからだ。殿上人《てんじょうびと》には殿上人《てんじょうびと》に相応しいお姫様が宛がわれるものである。

そんな美兎の気持ちを知ってか知らずか、陸斗は美兎が使った調理器具などを手早く洗ってくれる。

「食事自体というか、俺は大熊との食事が好きなんだ」

「え？」

「父が、あまり家でご飯を食べない人だった」

突然の告白に、美兎は目を見開く。

「母や弟たちも習い事やらでいろいろと忙しくて、食事の時に家族全員が揃ったことがあまりない。朝食も夕食も、大体一人で食べてたよ。だから、食事に興味は持てなかったし、大熊の家のような家族団らんに憧れがあったんだ」

「それなら、今からでもお父さんや家族と仲よくすれば……」

『宏司ＣＥＯもそれを望んでいますよ』。そう言いかけて、口をつぐむ。これはさすがに立ち入りすぎだ。

美兎の言葉に陸斗は首を振った。

「父は、今も昔も俺を経営の道具としか見ていないよ。俺の結婚も人生も父の事業を支えるための道具の一部だ。今更仲よくしても仕方がない」

「え？」

実際に会った宏司の印象と、陸斗から聞く彼の印象はまったく違う。実際に会った宏司はただの優しいお父さんというイメージだが、陸斗から聞く宏司の印象は冷たい経営者という感じだ。

「俺も最初はそれでいいと思っていたんだ。父の役に立てるのなら、会社のためになるのなら、と、何も考えず言われるまま生きてきた。だけど、大学に入って——もっと言うなら、新垣に出会って気がついたんだ。俺には自分の意志がないなって。新垣はあれでいてすごいんだぞ。行動力あるし、自分を持っている」

「知っています」

「そうだな。知ってるな」

陸斗はふっと笑う。

「だから俺は、今までの自分を変えるために新垣と一緒に独立したんだ。父とは独立の相談に行って以来、まともに話していない」

「お父さんから連絡はないんですか？」

「あるよ。だけど、言われることは決まってる。『今の事業を畳んで戻ってこい』だ。独立して一、二年はそんな電話がひっきりなしだったからな。だから今も電話はとらない。たまに新垣を通じて連絡はあるがな」

そこで美兎は理解した。この親子はすれ違っているのだ。九年も経てば人は変わるし、考えを改めることもある。けれど、それまで過ごしてきた長い時間が『父は変わらない』という固定概念を陸斗に植え付けているのだ。

（それとも、そんな風に考えちゃう私が甘いってことかな）

あの日頭を下げてきた宏司を演技だとは思いたくないが、陸斗がここまで言うのだ、そういう可能性もあるかもしれない。

（でも、そうか。だから……）

先ほどの話で、美兎は一つ納得したことがあった。なぜ宏司が陸斗の大したこともない情報を欲しがるのか、その理由についてだ。つまり、宏司は本当に何も知らないのだ。陸斗の好きな食べ物も、好きな色も、好きなスポーツも。それぐらい宏司と陸斗の幼少期の思い出は少ない。だから、美兎が『それぐらい』と思う情報でも必要としているし、欲している。

「お父さんのことを恨《うら》んでるんですか？」

美兎の問いに陸斗は首を振った。

「まさか。なに不自由なく育ててもらっておいて文句を言うほど、俺は恩知らずじゃない。ただ、もう干渉してほしくないんだ。俺のことを認めてくれないのなら、なおさら放っておいてほしい」

陸斗の声は硬かった。それだけ父に対する確執があるということだろう。

彼は少し間をおいて、微笑んだ。

「話がそれたな。つまり、だから俺はこの時間を大切に思ってると言いたかったんだ。こうしている間だけが、なんというか温かい。家族の温かみを感じられるんだ」

「そう、なんですね」

美兎は目を伏せた。罪悪感に胸を引っかかれる。

(報告、やめたほうがいいのかな)

一週間に一度ほど、美兎はその週の陸斗のことを書いたメールを宏司に送っていた。内容は本当に些細《ささい》なものばかりで、何を食べたかとか、どんな会話をしたかとか、観察日記のような形で書いては宏司に送っていたのだ。宏司はそれにいつも丁寧に返信をくれていた。そこには親としての愛情が見て取れたのだが、本当はどうなのだろう。心まではわからない。

「あ、そういえば、ドレスはもう決めたか?」

「ドレス?」

「今月末だろ。HIGUCHI氏の誕生日パーティ」

「あぁ。実はまだなんです」

出来上がった食事を並べながら美兎は首を振った。いろいろ見てはいるのだが、あまり気に入ったデザインのものがないのだ。陸斗の隣に立つのなら、あまり変な格好はしたくない。しかし、経費と言えど無駄遣いは避けたいので、それなりの価格帯ばかりを見てしまう。

「それなら、俺からプレゼントさせてくれないか?」

「いや、でも……」

「俺が大熊にプレゼントしたいんだ。普段のお礼に。だめか？」

取り皿を持った手を握られて、危うく皿を落としかけた。つながった先から伝わる体温で、脈拍が速くなる。目の前にある彼の顔に、美兎は視線をそらした。赤くなってしまっただろう顔を見られたくなかったのだ。

「はい。じゃあ、いつ買いに行きますか？」

「実はもう買ってるんだ」

「へ？」

「ちょっと前に、すごく大熊に似合いそうなドレスを見つけて買っておいたんだ。サイズとかもあるだろうから、食事が終わったら着てみてほしい」

「あ、はい」

「すごく楽しみにしてる」

形の良い唇が緩く弧を描く。美兎はまた赤くなった頬を隠すように顔を逸らした。


食事が終わると、美兎は陸斗の寝室を借りてドレスに着替えた。陸斗が買ってきたドレスは赤いマーメイド型で、袖《そで》を通すと上質なシルクの生地がぴったりとくっついてきて、身体のラインが露《あら》わになる。

美兎は鏡に映る自分を見て頬を赤くさせた。

（これ、無理！　恥《は》ずかしい!!）

背中はぱっくりとお尻のすぐ上まで開いているし、太腿《ふともも》の真ん中辺りまでスリットが入っている。

デコルテ部分も大きく開いており、ちょっと心もとなかった。

「大熊、着たか？」

「え!?　あ、あの！　一応!!」

「入るぞ」

「ちょっと！」

美兎の制止も聞かず入ってきた陸斗は、美兎の姿を見て息をつめた。

そして、しばらく固まったのち、口元に手を置いて頬を赤く染め上げる。

「すごいな。想像以上だ」

近付いてきた陸斗に美兎はたじろぐ。

「前々から思ってたんだ。大熊の足は綺麗《きれい》だなって」

陸斗は美兎の肩を持ち、彼女をベッドまで誘った。そして、縁に彼女を座らせると、側で膝をつき、足を取る。

「あ、あのっ！」

「靴も買っておいたんだ。少しヒールが高いから、パーティの時は俺の腕を離さないように」

そう言って、陸斗は美兎に靴を履かせてくれる。ピンヒールのグリッターパンプスだ。

彼の手が素足に触れて、美兎は狼狽《うろた》えた。

「あ、あの……社長？」

「できれば、二人っきりの時は名前で呼んでくれないか？　『社長』と呼ばれるのは仕事の時だけで十分だ」

「えっと、……り、陸斗さん？」

「なんだ？」

足の甲にキスを落としながら陸斗は美兎を見上げてくる。その視線にゾクゾクした。目は笑っているが、その瞳の奥には獰猛《どうもう》な獣がいる。なにかが背筋を駆け上がって、血が沸騰《ふっとう》した。

「美兎。嫌だったら押し返してくれ」

肩を押されて、ベッドに背中からダイブする。一瞬何が起こったのかわからなくて目を白黒させていると、陸斗が上に乗っかってきた。見下ろしてきた黒い瞳に吸い込まれそうになる。

「あの」

「美兎」

唇が落ちてきた。重なるだけの優しいキスだ。

しかし重なっている時間は長く、まるでそのささやかな触れ合いを堪能しているかのようだった。

唇が離れると同時に陸斗の身体も離れていく。

「悪い」

「……いえ」

美兎も身体を起こす。こんなことになってもなお、何をされたのかうまく理解できない。陸斗を見れば、彼の唇には美兎のグロスが付いていた。そこでやっと、意識が現実に追いついてくる。

「あ、私……」

「あんまりそういう顔をするな」

「え？」

「そんな顔をされたら、俺だって少しは期待する」

どんな顔をしていたのだろうか。それは美兎にはわからない。しかし目の前の陸斗は何かを耐えるような顔をした後、自身を落ち着かせるように深い息を吐いた。

そして、美都の隣に腰かけ、彼女の手を握る。

「あ」

「好きだ」

顔を跳ね上げる。陸斗は自分の指を美兎の指に絡ませてきた。絡みついた彼の体温と美兎の体温が一つになり、どちらのものなのか見分けがつかなくなる。

「じょ、冗談は……」

「俺は何とも思っていないやつを家に入れるほど、誰にでも心を開いているわけじゃない。父とのことだって、自分から話した女性は美兎が初めてだ」

「――っ」

「信じてくれないなら何度でも言う。……好きだ」

美兎は固まった。どう答えていいのかわからず、視線をさまよわせる。

そんな美兎の態度をどう受け止めたのか、陸斗は手を離した。

「今月のパーティの後、もし君にその気があるなら一緒に過ごしたい」

「え？」

「ただ、覚悟しておいてほしい。その日は君を帰さないかもしれない」

陸斗の突然の告白に、美兎は何も答えられなかった。

第三章　二歩下がる。

それから数日後、美兎の姿は銀行のＡＴＭにあった。

（ちゃんと入ってるー！）

記帳された通帳の残高を見て美兎は頬を緩ませた。

そう、今日は美兎の一番心が躍る日、給料日だ。

（今日は知己のためにお肉買って帰ってあげよう！　喜ぶだろうなぁ）

ほくほくとした顔で通帳を胸に抱く。最近では通帳を作るのにも手数料がいるのだが、守銭奴《しゅせんど》である美兎がわざわざ手数料を払ってまで通帳を作る理由は、この瞬間を実感したいがためである。

（んー、でも、いらないお金も入ってるな……）

美兎は通帳に印字された『ジングウジヒロシ』に指を這わせた。そして、ため息をつく。

彼女の通帳には一週間に一度ほどの頻度で、『ジングウジヒロシ』から入金があった。しかも金額は一回につき十万円だ。これは、『陸斗に関する報告メール』についての謝礼だった。

（いらないって何回も言ってるのに……）

美兎はこめかみを押さえた。電話でもメールでも何回もいらないと言っているのに、宏司は毎回律義に十万円を振り込んでくる。まったく手を付けていないそれは、もう結構な額になっていた。

（しかも、どこで口座番号を入手したんだろ……）

教えていないのに振り込まれるということは、彼は美兎の口座番号を知っているということだ。いつ調べたのか。それは、ちょっと怖くて聞けなかった。

「もうこれ以上報告する気もないから、断るついでに返してこようかな……」

美兎はそう呟く。

あの告白の日から美兎はいろいろと考えた。そして出た結論は、『もう報告メールは送らない』というものだった。確かに宏司と陸斗の仲は何とかしてあげたいとは思うが、やはりこれは美兎が間に入るべきことではないだろう。陸斗自身が宏司の干渉を嫌っているのならなおさらだ。もちろん宏司への同情のような気持ちは残っているが、それとこれとはまた別の話である。

それに――

『今月のパーティの後、もし君にその気があるなら一緒に過ごしたい』

彼の告白を受けるのなら、その前にここら辺もきっちりとけじめをつけておくべきだろう。些細《ささい》な情報でも提供したと知ったら、きっと彼はいい顔はしない。もしかしたら裏切られたような気分になるかもしれない。

（ちゃんと断ってお金も返したら、このことはちゃんと陸斗さんに言おう）

隠し事はしない。それが美兎にできる陸斗への誠意だった。

『信じてくれないなら何度でも言う。……好きだ』

耳の奥で蘇《よみがえ》ってきた声に、顔が熱くなる。

（私も……好き）

告白をしてきた時の彼の魅惑的な瞳を思い出し、美兎はそっと自身の唇を撫でるのであった。

◆◇◆

（さて、なんて言おう……）

パーティを二日後に控えたその日、美兎は神宮寺の屋敷にいた。前にも通された広い客室で、彼女は宏司を待つ。手に持っている封筒にはこれまで振り込まれたお金が全額入っていた。

美兎は宏司に報告メールの件を断るために、彼の屋敷に赴いていた。

（断ったら、宏司CEO悲しむかな……）

そうは思うが仕方がない。美兎は自分がやったことで、陸斗が悲しむ姿は見たくないのだ。

そんなことを考えていると、背後の扉が開く。入ってきたのは穏やかな笑みを浮かべる宏司だった。

「やぁ、待たせたね」

頬を引き上げて笑う様は本当にいいお父さんだ。そんな彼が昔は冷たい経営者だったというのだから、ちょっと信じられない。

宏司は美兎の正面に座る。その表情を見て、美兎はちょっと首をかしげた。

「あれ？　なんだか、ちょっといいことありました？」

「あぁ、わかるかい」

「はい。なんだかお顔が嬉しそうというか……」

宏司は一つ頷いた。

「実は昨日陸斗から連絡があってね。時間を見つけて会いにくると言われたんだ」

「わ！　そうなんですか。よかったですね！」

つい、自《みずか》らのことのように喜んでしまう美兎である。それでさらに機嫌がよくなったのか、宏司は続けて口を開いた。

「あぁ。聞くと、許嫁《いいなずけ》の瑠香《るか》ちゃんとの話を前に進めたいみたいでね。アイツもとうとう身を固める決心ができたみたいなんだ」

「え、身を、固める？」

「あぁ、言ってなかったかな。陸斗には許嫁《いいなずけ》がいてね。諸井《もろい》家は知ってるかな？　あの着物の……」

着物で諸井といえば、呉服屋として有名なあの諸井だろう。老舗《しにせ》中の老舗《しにせ》にもかかわらず、自宅で洗える着物や皺《しわ》にならない着物などを売り出して、いまだに業績を落とさないあの諸井だ。今度Ｕ―Ｖｉｏｌｅｔｔｅでも、普段着の着物のレンタルを始める予定で、その提携先として候補に挙がっているのも諸井だった。

「あそこの一人娘と幼い頃にね。二人の気持ちが固まるまで見守っていたんだが、陸斗のほうはもう固まったらしい。瑠香ちゃんのほうは、ま、たぶんいつでも大丈夫だろう。めでたいことだよ。ほんと」

「……」

ほくほくとした宏司を前に美兎は動けなくなっていた。言っている意味の半分も理解できない。いや、理解したくないというのが正しかった。やがて美兎の変化に気がついた宏司が彼女を覗き込む。

「大熊さん？　どうかしたのか？」

「あ、いや！　すいません!!　ちょっとびっくりしちゃって！　そうですか、社長が！　おめでとうございます」

美兎はなんとか笑顔を貼り付けた。それを見て、ただ驚いていただけだと思ったのだろう、宏司も上機嫌で頷いていた。

（社長、結婚するんだ……）

最初に頭に浮かんだのは、そんな他人事のような感想だった。

しかも、宏司の話だと、陸斗は結婚に乗り気らしい。

（じゃあ、あの『好き』の意味は……）

『今月のパーティの後、もし君にその気があるなら一緒に過ごしたい』

『信じてくれないなら何度でも言う。……好きだ』

告白を受けた日の陸斗の台詞《せりふ》が浮かんでは消え、よくわからない笑みが浮かんだ。悲しいのか切ないのかなんなのかわからない感情が胸を満たし、苦しくなってくる。

何年も一緒に仕事をしてきたからわかる。陸斗はとても誠実な人だ。美兎を騙《だま》したとか、本当は好きではなかったとか、あの日の告白は嘘だったとか、そういうことではないだろう。つまり――

(私は愛人、って、ことなのかな)

この婚約はきっと、陸斗にとって成さなくてはならないものなのだろう。だから、美兎には別に愛人としてのポジションを用意してくれるという腹なのだ。きっと。

(よく考えれば、そりゃそうよね)

相手はあの神宮寺家の長男。そういう決まった相手がいないはずがない。少し考えればわかりそうなものだ。だから胸が痛むのは、陸斗のせいではない。美兎の自業自得だ。考えが足りなかったのだ。浮かれていたのだ。勘違いをしていたのだ。

宏司に気づかれないように、美兎はため息をつく。

(それでも私はきっと幸せなのよね)

好きな人の側にいられる手段が残っているのだ。叶わない恋より、きっと、ずっといい。

正直、そう思わなければ、やってられなかった。

「そうそう。いつもありがとう。陸斗の報告メール、楽しく読んでるよ」

宏司のその台詞《せりふ》で美兎は現実に帰ってきた。彼の手には美兎が送っただろうメールをプリントした紙が握られていて、彼は楽しそうにそれを捲っていた。

「君が教えてくれる陸斗はイキイキしていてね。読んでいて元気になってくるよ。そういえば、お金は足りてるかな？　大熊さんにはお世話になっているからね。もう少し出してほしいってことなら……」

「あの！　実は、そのことなんですが……」

美兎は握っていた封筒を机の上に置いた。その時――

「……そういうことか」

「え？」

気がつけば廊下側の障子戸《しょうじど》が開いており、陸斗が顔をのぞかせていた。今までにないぐらい冷め切った目で見下ろされ、心臓が凍る。

「君がそこまでお金に固執しているとは思わなかった」

「あの！　これは……」

「美兎。二人で話をしよう」

そう言うや否や、陸斗は美兎の腕を掴み、彼女を立たせた。陸斗を止めるような宏司の声が聞こえていたけれど、陸斗は無視をしたまま美兎を連れ去る。

連れていかれた場所は物置に使われているらしき蔵の裏だった。美兎は白い蔵の壁に身体を押し付けられ、身動きができないように両手首を押さえつけられていた。

「陸斗さん」

美兎の弱々しい声に、陸斗は自嘲《じちょう》気味に笑う。

「滑稽《こっけい》だったか？　騙《だま》されてるなんて知らずに君に愛を囁《ささや》く俺の姿は。俺が心を開いていくのを見て、金の計算でもしていたのか？」

「違う！　そんなこと――んっ」

突然合わさった唇から舌が入ってくる。陸斗の舌は美兎のそれを絡めとり、外に誘い出す。彼は外に出てきた彼女の舌をじゅっと吸い上げた。

「んんっ」

「んっ、はっ……。本当に最悪だな。なんで俺は君なんかを好きになったんだろうな」

「あの、話を！」

「聞きたくない！」

聞いたこともないような硬い声に、美兎の言葉はのどの奥に引っ込んだ。陸斗はさらに強い力で美兎の手首を壁に押し付ける。

「――いっ！」

苦しそうに歪んだ陸斗の顔が彼女を見下ろして、口を開く。

「金が欲しいんだろう？　いくらでなら君を買える？」

その言葉を聞いた瞬間、美兎の瞳から涙があふれた。

第四章　馬鹿みたいに身勝手な想い。

その翌日、美兎は会社を休んだ。

表向きの理由は風邪ということになっているが、本当は、陸斗に会いたくないというのが理由である。昨晩泣きはらした目は腫れており、顔も腫れぼったく熱を帯《お》びている。怖くて鏡は見れないが、きっと自分は今ひどい顔をしているだろう。

『金が欲しいんだろう？　いくらでなら君を買える？』

陸斗の台詞《せりふ》を脳内で反芻《はんすう》する。冷たい彼の声に胸が詰まって、上手く息が吸えなくなった。

嫌われたのだろうと思う。あんなことを言わせてしまうぐらいには美兎は嫌われてしまった。でも、これはすべて自業自得だ。信じてくれていた陸斗を裏切った美兎への罰。仕方がない。けれど……

（陸斗さんだって、許嫁《いいなずけ》がいたのに……）

そう思ってしまうのもまた事実だった。彼が美兎に怒るのも無理はないと思うのだが、騙《だま》し騙《だま》されたのだから、おあいこだろう。そこには美兎にだって思うところがある。

（愛人、かぁ……）

美兎はベッドの上でぼーっと天井を見つめながらそんなことを考える。今後、陸斗と仲直りする未来があったとして、自分は彼との関係を愛人で我慢できるのだろうか。一番ではなく二番手で。都合がいい時に会いに来られる程度の関係で、自分は満足できるのだろうか。

（それは無理かもな……）

一緒にいるなら一番に想ってほしいし、一番大切にしてもらいたい。世に隠さないといけないような関係ではなく、一緒に街を堂々と歩けるような関係でいたい。

しかし、彼にはそのつもりはないのだ。彼の一番の椅子にはもう見知らぬ誰かが座っていて、美兎に差し出しているのは二番目の椅子。決して、美兎は一番の椅子には座れない。

つまりこれからどうあっても、陸斗と美兎はそういう関係になれないのだ。

（それなら嫌われたままで、ちゃんとさよならしよう）

必死で謝れば、陸斗は宏司とのことを許してくれるかもしれない。けれど、そうなった時に辛いのは美兎だ。あの煽情的《せんじょうてき》な瞳でもう一度射抜かれたら、きっと美兎はひとたまりもない。二番目の椅子なんかに座りたくないのに、座ってしまう可能性だってある。

そうなったら、もう地獄だ。

切ない想いに身を裂かれながら、親指を咥《くわ》えて彼らのことを見つめなくてはいけなくなる。羨望《せんぼう》のまなざしで見つめながら、自分の手のひらを顧《かえり》みて、その手が空なことに絶望し、泣きわめくかもしれない。

そんな無様な姿。陸斗にだって見せられない。

（もしかしたらいい機会だったのかもしれないな）

今だったら、すんなり彼のもとを離れることができる。気持ちの上では『すんなり』ではないが、地獄を見てからではきっと心が擦り切れてしまう。

（会社は私がいなくてもなんとでもなるものね）

美兎の業務はあらかじめ社長秘書のメンバーで共有しているので、美兎がいなくなってもなんとか回していけるだろう。転職だって、それなりの経験があるのだ、きっとどうにでもなる。もちろん、会社に残るという選択肢もあるが、こんな状況で陸斗と毎日顔を合わせるのは辛いものがあった。

（明日のパーティだけ行って、そのまま全部終わりにしよう）

美兎はそう決意し、瞳を閉じるのだった。

◆◇◆

『そうそう。いつもありがとう。陸斗の報告メール、楽しく読んでるよ』

その声が聞こえたのは、久々に帰った実家で、父を探している時だった。

陸斗はその日、美兎との関係を進めるにあたって、婚約者のことを父に相談しに来ていた。当然、婚約の破棄を頼むつもりだが、最初からそう言うと何も話を聞いてもらえなくなると思い、電話では『婚約と結婚のことについて話がしたい』とだけ伝えていた。

いつになく上機嫌な父の声に陸斗の足は止まる。父の機嫌がやけにいいことも気になったが、それ以上に話している内容が気になった。

（俺の報告メール？）

陸斗は立ったまま耳を傾ける。

『君が教えてくれる陸斗はイキイキしていてね。読んでいて元気になってくるよ』

そこまで聞いて、陸斗は状況を理解した。父は誰かに自分を探らせていたのだ、と。言うことを聞かない長男坊の首根っこを掴むために、彼は人を雇って自分のことを探らせていたのだ。なにか粗《あら》でもあれば、それを理由に家に戻そうとでも思っているのだろう。

（あの人は変わらないな）

時間が経って少しは変わったのかと思ったが、そうでもないらしい。会社は弟の成海がうまいこと回しているようだし、もういい加減放っておいてほしかった。今更自分を会社に入れて、一体父はどうするつもりなのだろう。

陸斗はそのまま踵《きびす》を返す。これ以上は聞いていたくなかったからだ。不快な情報は、今は頭に入れたくない。婚約を破棄するにあたって父に頭を下げようと思っていたのに、これでは胸がムカムカしてそれどころではなくなる。

しかし、一歩踏み出そうとした陸斗の足は、次の父の言葉で止まることとなる。

『そういえば、お金は足りてるかな？　大熊さんにはお世話になっているからね。もう少し出してほしいってことなら……』

（は？　今、大熊って……）

『あの！　実は、そのことなんですが……』

その時、陸斗は自分の耳を疑った。戸の奥から聞こえてくるのは間違いなく、美兎の声だったからだ。頭によぎった自分の考えを否定したくて慌てて戸を開ければ、彼女は机の上に置いている封筒に手を伸ばしているところだった。その中には分厚い紙の束。

「……そういうことか」

「え？」

彼女は大きく目を見開く。

（そうか、だから彼女は……）

最近、上手くいきすぎると思っていた。それまでなびかなかった彼女がいきなり手料理を作ってくれたり、マンションまで通ってくれたり、自分の一言一言に意味ありげに頬を染めたりするわけがない。何か裏があると、もっと前に気づくべきだった。

彼女は父にそうしろと依頼されていたのだ。そして、お金をもらって自分に近付いた。そのことに気がついた瞬間、陸斗は怒りで目の前が真っ赤になった。

それから先はあまり覚えていない。彼女のことを最低だと思うのに、それでも惹《ひ》かれている自分に驚いて、その分彼女をなじった。そうして、気がついた時には彼女は逃げていて、陸斗は彼女がいた部屋に戻っていた。

陸斗を探しているのか部屋には父もおらず、ただ、書類が散らばっているだけだった。そして、机の上にはお金の入った封筒も……

「馬鹿だな。こんな大事なもの忘れて帰るだなんて」

自分でも驚くぐらい優しい声が出た。その瞬間、自分の中の未練に気がついて、胸が苦しくなる。父との件は許そうと思えば許せる。むしろ、彼女は被害者だろう。自分と父の親子喧嘩に意味もなく巻き込まれてしまったのだから。

けれど、彼女が自分に近付いてきたのがお金のためだというのが切なかった。あの、温かくて甘かった時間の何もかもが嘘だったという事実に、立っていられなくなる。

散らかっている書類を見れば、それは彼女が書いただろう陸斗の報告メールだった。

『今日のお昼はコンビニで買ったグリーンスムージーを飲んでいらっしゃいました。最近はキウイの入っているものがお気に入りみたいです』

『今日は先日買ったばかりというネクタイをつけていらっしゃいました。好きなサッカー選手と紳士服店がコラボしたものらしく、嬉しそうにしていらっしゃいました』

「なんでこんなもの報告してるんだ」

馬鹿げた内容の報告メールに思わず笑みがこぼれた。

陸斗は机に放ってあるお金の入った封筒を手に取る。どういう経緯で手にしたものであれ、これは彼女のものだ。返すのが道理だろう。もしかしたら、明日は会社に来ないかもしれないけれど、明後日のパーティには顔を出すだろう。

(彼女とはもうこれっきりだ)

そう思った自分の思考に、陸斗はまた苦しくなった。

◆　◇　◆

デザイナーＨＩＧＵＣＨＩの誕生日パーティはホテルのホールで執《と》り行《おこな》われることになっていた。美兎は陸斗からもらったドレスを着て、ぱっくり開いた背中の部分を隠すように上から花柄レースのボレロを身に着けていた。靴もあの時もらったピンヒールのグリッターパンプスだ。

（これを着てると、あの時のことを思い出すな……）

足の甲に口付けられ告白を受けた日。陸斗の煽情的《せんじょうてき》な瞳に血が沸騰《ふっとう》する思いがした。自分も好きだと伝えたかったけれど、結局何も伝えられずに今に至る。

（好きだってことぐらいは、ちゃんと伝えたかったな）

その上で二番目になる……という選択肢はないが、気持ちも伝えられないまま今日でおさらばと言うのは、少しだけ寂しいものがあった。

待ち合わせ場所はホテルのロビーだった。今後の仕事に関わることなので、彼が来ないということは考えづらいが、美兎と会わないように時間をずらしてくる可能性は十分にあった。美兎はドキドキしながら約束の時間を待つ。

すると、約束の時間の少し前にホテルの自動ドアが開いて、紺色のスーツに身を包んだ陸斗が入ってくる。その髪型はいつもと違い、ヘアワックスでうしろに撫で付けてあった。新鮮な彼の装いに、不謹慎にも胸が高鳴る。

陸斗は美兎を見て少し驚いたような顔をした後、顔を逸す。

それを見て、美兎は苦笑した。

(顔も見たくないほどに嫌われちゃったってことかな)

それはそれで仕方がない。自分はそれだけ彼を傷付けることをしたということだろう。

「待たせたか？」

「いえ」

「……行くか」

それでも、掴まれというように腕を差し出してくれる彼が好きだった。その腕に掴まると、彼は美兎の歩幅で歩き始める。その優しさに、胸が熱くなった。

(あぁ、やっぱり好きだなぁ)

涙が出そうになる。そんな彼とも今日でお別れなのだと思ったら、胸が苦しい。

けれど、きっちりけじめをつけなくてはならない。

「あの、社長」

「なんだ？」

陸斗は美兎をちらりとも見ずにそう答える。

「パーティの後、少しお時間ありますか？」

「あぁ」

「話したいことがあるんです。いいでしょうか？」

「……わかった」

陸斗は簡潔に返事をした。

そのままパーティ会場であるホールに入ると、彼は美兎の手を放し、社長の仮面をかぶる。柔和な笑みで招待客と話し始めた彼を見て、美兎は涙をこらえるように淡い笑みを浮かべた。


パーティは滞りなく進んでいった。途中で挟んだ商談も難なく終わらせ、三時間ほどでお開きになった。

美兎と陸斗はそのまま上の階にあるバーに行く。雰囲気のあるそこは、しっとりとした話をするにはもってこいの場所だった。カウンターに二人並んで座り、適当なカクテルを頼む。そうしてカクテルが届いた辺りで、美兎は陸斗に向かって口を開いた。

「あの。私、会社を辞めることにしました」

陸斗はその言葉に少し固まった後「……そうか」とだけ漏らした。視線はずっと正面を向いており、美兎のほうを見てもくれない。それでも美兎は必死に笑みを作る。

「今までありがとうございました。それと、お父様との件も勝手に踏み入ってすみませんでした」

「あぁ」

帰ってきた言葉はそれだけである。

あんなに情熱的に好きだと言ってくれたのに、冷める時はあっけない。もう、美兎なんてどうでもいいということなのだろう。

陸斗はやはり美兎のほうを見ることもせず、頼んだカクテルに口を付けていた。立ち上がらないところを見ると『お前が先に帰れ』ということなのだろうか。

美兎は高いスツールから下りる。その瞬間わずかに彼がこちらを見たけれど、何も言うことなくすぐに視線を戻した。

(これで、本当に終わりか……)

あっけなかった。本当にあっけない終わりだった。

そして、背中を向ける彼を少しだけ恨《うら》めしく思った。

(私はまだこんなに貴方のことが好きなのに……)

自分を口説き落とした彼は、のうのうと美兎のことを嫌いになって、数か月後には幸せな結婚をする。その未来に胸がざわめいた。

陸斗は素敵な奥さんを得て、奥さんは陸斗を得る。でも自分は？　美兎には何も残っていないのだ。ただ失っただけ。せっかく得た恋心も置き去りにしないといけない。

(私だって、何かが欲しい……)

その時、陸斗のある言葉が脳裏に蘇《よみがえ》った。

『金が欲しいんだろう？　いくらでなら君を買える？』

はっとした。ああいうことを言うぐらいだ。もしかして、頼めば一度ぐらいは抱いてくれるということだろうか。

(私だって……)

なにもないままは嫌なのだ。それならせめて、一夜でいいから思い出が欲しかった。これからある何百という夜の一夜だけ。しかも、それもたった数時間の間でいいのだ。

朝まで側にいてほしいなんて、贅沢《ぜいたく》なことは願わない。

だけど、もう会えないなら一度だけ、好きな人との夜が欲しかった。

美兎は陸斗の袖《そで》を引く。彼は驚いた顔で振り返った。

「あの……」

「どうかしたか？」

「社長。私を……私を買ってくれませんか？」

俯《うつむ》いた視線の端に、陸斗が下唇をかんだのが見えた。

◆◇◆

「社長。私を……私を買ってくれませんか？」

その瞬間、陸斗の中で何かが弾《はじ》けた。

気がつけば彼女の手を引き、陸斗は事前に予約していたホテルの部屋に連れて行っていた。乱暴に彼女を押し倒し、自分が彼女のためにと選んだドレスに手をかける。

腹が立っていた。無性に、これ以上なく、腹が立っていた。

（俺は、さっきまで何に期待していたんだ！）

『パーティの後、少しお時間ありますか？』

そう言ってきた美兎に陸斗は期待していた。もしかして、自分のことを好きだと、そうでなくても、何らかの気持ちを伝えてくれるんじゃないかと、期待をしていた。

もし彼女が自分のことを好きだと言ってくれたら、わだかまっていた感情や何やらをすべて水に流して、自分も好きだと、そう言おうと思っていた。

なのに彼女は……

『あの。私、会社を辞めることにしました』

そう、あっさり陸斗と離れることを宣言したのだ。

顔が見れなかった。見たら、気持ちのない彼女を止めてしまいそうで、必死に見ないようにしていた。

彼女はそれから簡潔に今までの礼と謝罪を述べる。会話が終わったのに立てなかったのは、それから先もしつこく期待していたからだ。けれど、彼女は先に席を立ち、帰り支度を始めた。

そのあっさりしすぎている態度を見て、いまだに彼女を想っている自分が心底馬鹿馬鹿しくなった。

そして最後に意味ありげに袖《そで》を引いてきたと思ったら、先ほどの台詞《せりふ》だった。

(きっと俺は女を見る目がないんだな)

美兎は素朴で可愛い女性だと思っていた。素直で優しくて、家族想いの女性だと。少なくとも、お金のために好きではない男に身体を開くような馬鹿な女だとは思っていなかった。

「君がそういう女性だとは知らなかった」

そう吐き捨てるように言うと、彼女は視線を逸らしながら「すみません」と呟いた。そういう態度にも、腹が立った。買ってほしいと言うのなら、もっとそういう態度でいればいい。尊大に、傲《ごう》慢《まん》に、構えていればいいのだ。

なのに彼女は、申し訳なさそうに顔を背けていた。

陸斗は彼女の胸の横に手を這わす。そこにあるファスナーを下ろすと、彼女の白い肌が露《あら》わになった。

このドレスだって、彼女のために選んだのだ。彼女の白い肌が映えるような赤色。彼女の高い身長を生かすようなマーメイドライン。背中と足の部分が開けているのは、彼女のその部分にキスを落としながら脱がせたかったからだ。

こんな風に乱暴に剥《は》ぎたかったからじゃない。

ドレスの襟ぐりが深いためか、美兎は下にヌーブラを付けていた。それも、乱暴に剥《は》ぎ取れば、赤い実が二つ飛び出てくる。それにかぶりつくと、彼女は小さく声を上げた。

「ぁんんっ」

ゾクゾクする声だった。たまらず、片方を指で弄《いじ》れば、彼女は身体を跳ねさせる。

「ひゃんっ！　んぁっ――――！」

彼女の声を聞くたびに、血液が下腹部に集まっていく。熱を帯《お》び始めたそこはもう緩く起立し始めていた。

（早く挿れたい）

そして自分のもので膣内をかき回され、よがる彼女が見たかった。

（一回じゃとても終わりそうもないな）

どうせ金で身体を開いてくれるのだ。それならば何回だって犯せばいい。その分むなしくはなるが、彼女の心が手に入らないのなら、身体だけでも手に入れたかった。

陸斗はショーツへ手を伸ばす。縁をなぞると、彼女がはっとした顔で陸斗の手を押さえてきた。

抵抗と言うには半端なその行為に腹が立ってくる。

「金で抱かれてるなら、抵抗はするな」

冷たくそう突き放せば、美兎は泣きそうな顔で手をどける。陸斗はすぐにショーツに手を入れ、彼女の割れ目に指を突き立てた。

「はっ――ぅ！」

伺いを立てる前に侵入してきた指に美兎の喉は反った。まだ潤《うる》み始めて間もないそこは、陸斗の指を懸命に押し戻そうとする。彼はそれに抗《あらが》いながら、円を描くように大きく指を回した。

「ぁあぁぁ……！」

鼻にかかったような声が上がり、締め付けが緩む。その隙にと中を擦れば、あっという間に彼女の中は指を喜んで飲み込むようになった。

「はぁ、ぁ、あぁっ！」

指を増やし、彼女の気持ちのいいところを探る。

「――あぁあぁっ！」

一際そう大きく声を上げたところを重点的に擦れば、彼女はシーツを掴みながら喘《あえ》ぎ声を上げた。

「あぁん、あぁあぁっ――！」

熟れてジュクジュクになっている割れ目から、これでもかと蜜があふれた。最後にはぎゅうぅう、と指を締め付けて、彼女が達したのを教えてくれる。

陸斗は指を抜き、服を脱いだ。そして、天に向かってそそり立つ己の雄に避妊具を被せ、座ったまま彼女を呼んだ。

「美兎、こっちだ」

その声で、彼女は起き上がり陸斗のほうへ来る。彼女は肩で息をしており、快楽のためかその目はトロンとしていた。陸斗は彼女の腰を掴むと、自分の上に股がらせる。そして雄の切っ先を、彼女の入り口に宛がった。

「こっちが払うんだ。気持ちよくしてくれるんだろう？」

陸斗のいじわるな物言いに、美兎は傷付いたような顔になった。しかし、彼女は抵抗することなく腰を落としていく。切っ先が埋まり、彼女は声を漏らした。

「あっ、あぁあぁ……」

鼻にかかった声を上げながら、彼女は腰を上下させ、ゆっくりと陸斗を埋めていく。

「――っ」

最高に気持ちがよかった。彼女の中は蜜で潤《うる》み、陸斗のものを奥へ奥へと誘ってくる。彼女が声を上げるたび、まるで精液を搾り取ろうとするように彼女の中は蠢《うごめ》き、陸斗を締め上げた。

「はぁ……」

「あ、ぁあ、ぁっ！」

まだ半分も埋まっていないというのに、この気持ちよさだ。早く全部埋めて、その上で彼女にガンガンと腰を突き立てたかった。

半分ほど埋まった辺りで、彼女の動きが止まった。どうしたのかと顔を見れば、彼女は目から大粒の涙をこぼしていた。それが頬を滑り、陸斗の腹部に落ちる。

陸斗はたまらず、親指で彼女の頬を拭った。

「泣きたいのは、こっちだ」

最初に出てきたのは、彼女を慰《なぐさ》めるための言葉ではなく、泣いている理由を聞くための言葉でもなかった。陸斗の言葉を聞いて、ますます彼女の頬には涙が伝う。

（俺だって、こんな風に抱きたいわけじゃない）

本当なら、今日は優しく彼女を抱く予定だった。こんな風に乱暴に、投げやりに抱くつもりなんてなかった。

「今更嫌だと言ってもやめないからな」

陸斗の言葉に美兎は首を振った。

「やめてほしいわけじゃないんです。ただすごくむなしくて……」

「むなしい？」

「好きな人に自分を無理やり抱かせるのが、こんなに悲しい行為だと思っていなかったんです」

「好き？」

陸斗は自分の耳を疑う。その間にも彼女は言葉を重ねていく。

「私はただ、思い出が欲しくて。貴方が側にいなくなっても、胸に刻んでおけるような思い出が欲しかっただけなんです。だから、貴方の優しさに付け入って、こうして……でも……」

美兎は嗚咽《おえつ》を漏らした。そのまま己を抜いて抱きしめてやれば、彼女は小さくなり、腕の中で泣き始める。

「も、いやなら、いいです。私は、大丈夫ですから。いやいや抱いてくれるのだとしても、いいって思ってましたけど、私は――私はやっぱり、貴方が欲しいから」

縋《すが》ってきた彼女を陸斗は抱きしめた。好きな女性が泣いているのに、放っておくなんてできなかった。

美兎は顔を上げる。

「陸斗さんに許嫁《いいなずけ》の方がいるのは知っています。だけど……」

「ん？　許嫁《いいなずけ》？」

「だけど私は、私を選んでほしくて――」

「ちょっと待て！　なんで知ってるんだ？」

「へ？」

美兎の涙が初めてそこで止まる。

「俺に許嫁《いいなずけ》がいることを、なんでお前が知ってるんだ？」

「えっと。宏司さんに聞きましたけど」

宏司という名前に、陸斗はこめかみを押さえる。

「美兎、ちょっとそこに座れ」

「はい」

「ちょっと悪いんだが、今までにあったことを一から全部話してくれないか？」

「今までに？」

「とりあえず、父に俺の調査を頼まれた辺りからだ」

美兎は目を瞬かせた後、今までにあったことを最初から語り始めた。

◆◇◆

（つまり、盛大にすれ違っていたってオチか……）

互いの状況を改めて確認して、陸斗はため息をついた。

しかも、陸斗が見る宏司と美兎から見える宏司との差にちょっとした驚きを禁じ得ない。

美兎は状況を理解しつつもよく意味がわからないようで、身体にシーツを巻き付けたまま小首をひねった。

「えっと、つまり。私は陸斗さんの一番になれるんですか？」

「なれるなれないの前に、そもそも俺は美兎しか見ていない」

陸斗は美兎をふたたび押し倒す。しかしそれは先ほど押し倒した時と比べ、とても丁寧だった。

鼻先にキスを落とすと、彼女は目を見開く。

「とりあえず、明日一緒に実家へ行くぞ。それで、正式に婚約を破棄してもらう。俺に結婚する意志がないことを見せれば、その辺は大丈夫だろう」

「そうなんですか？」

「多分な。それでもだめそうなら、新しい結婚相手でも連れてけば完璧だと思うんだが、どうだ？」

「どうだ？」

質問の意味がわからないようで、美兎はオウムのように彼の言葉を繰り返した。

陸斗は美兎に額《ひたい》をくっつけながら、彼女をじっと見据えた。

「一緒に来てくれないか？　ってことなんだが」

「えっと。それは、結婚相手として……ですか？」

「それ以外に何があるんだ」

その言葉を聞いて、美兎は目を大きく見開き、笑みを浮かべた。

「はい！　もちろんです！　一緒に行かせてください！」

久々に聞いた彼女の明るい声に陸斗は嬉しそうに頬を引き上げ、そして、唇を重ねた。舌同士を絡めてやれば、彼女はすぐさま甘い声を出し、頬を桃色に染め上げる。

「んんっぁ――っ」

「とりあえず、抱いてもいいか？　実は割ともう限界なんだ」

もう完全に復活した猛《たけ》りを見せれば、彼女は一気に赤くなった。そして、狼狽《うろた》えたように視線をさまよわせた後、恥《は》ずかしげな顔で小さく頷いてくれる。

「……はい」

その答えを聞いて、陸斗は彼女の膝を立てた。先ほどまで彼の雄を半分ほど呑み込んでいた溝《みぞ》はまだたっぷりと水分を残していた。そこに、陸斗は起立した切っ先を宛がう。

腰を進めれば、あっという間に半分ほど呑み込んだ。

「あぁぁっ！」

「――っ！」

さらに陸斗はゆっくりと腰を進める。

やがて二人の間はなくなり、ぴったりと重なり合った。

「ぜんぶ、はいってる」

美兎が嬉しそうな声を上げ、陸斗が入っているだろう所を撫でる。すると、彼女の気持ちに反応するように奥がきゅっと締まった。

「んっ」

たまらず、腰を振る。すると、ぐちょぐちょという湿り気を帯《お》びた音とともに、美兎の喘《あえ》ぎ声が上がった。

「あっ、あぁっ、あぁぁっ、ぁんっ！」

陸斗が腰を振るリズムに合わせて美兎の声が上がる。その可愛らしい声と中のうねりに促《うなが》されるように、陸斗はさらに腰の動きを速めた。

「あぁ、んあぁぁっ！」

いやらしい水音と肌を打ち合う音が部屋に響き渡る。

何度も最奥を穿《うが》てば、彼女は身体を反らし、目に涙を浮かべた。

「あ、ぁ、やだっ！　いっちゃっ――」

うねっていた中がきゅっと締まる。襞《ひだ》が雄に吸い付き、得も言われぬ快感が起こる。

陸斗はさらに腰を打ち付けた。すると、彼女の膣はさらに陸斗の猛《たけ》りを絞り始める。

「あぁ、んあぁっぁぁぁっ！」

「――ぁっ！　ぃく」

そして、彼女の膣が弛緩《しかん》するのと同時に、陸斗も彼女に精を放つのだった。


「ね、陸斗さん。お父さんと少し話し合ってみませんか？」

美兎がそう言ったのは、それから二回ほどさらに枕を交わした後だった。

彼女は陸斗の腕枕に頭を置いたまま、うかがうような声を出す。

「もしそれでだめなら、もうしょうがないんですけど、一度だけ」

「そうだな」

陸斗は美兎の頭を撫でた。彼女の柔らかい髪の毛に触れていると、蟠《わだかま》りも確執も、もうどうでもよくなってくるような気がするから不思議である。

「確かに、あの人には今回のことも含めてちょっと言いたいことがあったしな」

「それなら！」

「ま。君の頼みだしな。少しだけ、な」

「はい！」

彼女のその笑顔を見れるなら、嫌な相手にも少しだけ自分から歩み寄ってみようと、そう思った陸斗だった。

【次男・神宮寺成海の場合】

第一章　秀才と天才の間の凡人

そのパーティの主役は、まさしく彼だった。

「見て、ＪＩＮＧＵの次期社長よ」

「わ、本当だ！」

「さすが風格が違うわよね」

革靴を鳴らしながら堂々と歩く男の姿に、女性たちだけでなく男性までもが振り返る。

「ずいぶんやり手らしいな」

「今回の大手タクシー会社との提携。あれを進めたのがアイツらしいぞ」

「あの歳でＣＯＯなんてすげぇよなぁ」

通った鼻筋に鋭い眼光。長い手足に、堂々とした立ち振る舞い。光沢のあるスリーピースのスーツを纏《まと》い、広いパーティ会場を颯爽《さっそう》と進むのは、大手通信会社ＪＩＮＧＵのＣＥＯ、神宮寺宏司の次男である。

「やり手で顔がいいって。もう人生イージーモードだよなぁ」

「そりゃ、あの優秀な神宮寺陸斗さんの弟さんですもの！」

「モデルのＳＯＲＡ《ソラ》のお兄さんでもあるらしいぞ！」

「そりゃ確かに顔も頭もいいはずだよなぁ。しかも、女優の華《はな》と熱愛中！」

「あの噂って本当だったんだな！　うへぇ、羨《うらや》ましい」

「確か名前は――」

その瞬間、彼らにわずかな間《ま》が生まれる。

男は話し込む彼らを振り返った後、うしろをついてきていた秘書兼運転手の男に声をかけた。

「槇野《まきの》、帰るぞ」

「はい」


会場前に停めた黒塗りの車に乗り込むその男の名は、神宮寺成海。

秀才な兄と天才な弟に挟まれた、努力する凡人である。

◆　◇　◆

「あぁ！　もうやってらんねぇ!!」

車が発進した直後、成海はそう言ってネクタイを緩めた。先ほどまでは品行方正な神宮寺家の跡取り息子を演じていたが、今は素行の悪い不良のようなしゃべり方だ。

「今日はずいぶんとイライラしてらっしゃいましたね」

ハンドルを握りながら笑うのは槙野学《まなぶ》。成海の父親よりも歳を重ねている彼は、長年神宮寺家を支えてくれている優秀な執事だった。今は成海の秘書のような形で一緒に動くことが多い。

「ああいう意味のない集まりは好きじゃないんだよ。おべっかばっかり使うやつに興味はねぇし。別に仕事になるわけじゃねぇし！」

「いつの間にか女優の華さんと付き合ってるって話になってますしね」

「あれは前にＣＭで世話になったから、飯でもって誘われて……」

「で、断っているところを撮られちゃったんですよね？」

「……」

成海は沈黙で肯定を示す。

不機嫌な彼とは対照的に槙野は常に楽しそうだ。

「しかし、周りの人間と友好的な関係を築いておくのも大切なお仕事ですよ？　これから会社を支えていこうとしているならなおのこと」

「わかってる！　だから嫌でもこうして参加してるんだろ！」

感情のままに吐き捨てて、成海は窓の外を見る。

等間隔に並ぶ街灯が、代わる代わる成海の頬を照らしていく。

「大体、なにが人生イージーモードだよ！　こっちの苦労も知らないで」

「成海様は陸斗様に負けないように、日々努力をしておられましたもんね」

「……兄貴は今関係ないだろ」

いきなり深く切り込んできた槇野に成海は渋面になる。

「陸斗様と比べられるのがそんなに嫌ですか？」

「そんなこと一言も言ってない」

「幼い頃から、成海様は陸斗様にいつも対抗心を燃やしていましたからね」

「聞いてんのか、お前」

遠慮のない物言いに、成海の頬は引きつった。

実の父よりも一緒にいることが多い彼は、たまに成海の心を見透《みす》かしたようなことを言う。

それが嫌というわけではないのだが、もう少し遠慮してほしいと思う時もある。例えば、慣れないパーティに出て疲れている今日みたいな日は特に。

「先ほどだって、陸斗様の名前が出ただけで、機嫌を悪くしておられましたし」

「……表には出してなかったろ」

「でも、私はわかりましたよ」

「それはお前の勘がよすぎるだけだ」

イライラと頭を掻く。そして、彼は椅子に深く腰掛けた。

「仕方ねぇだろ。俺はいつだってアイツに勝てたことがねぇんだから」

成海はふて腐れたような声を出す。

「このポジションだって、出て行かなきゃ本当は兄貴のものだったんだし。どうせ俺はいつまで経っても『神宮司陸斗の弟』だよ！」

「成海様……」

自分のことを卑下《ひげ》する成海に、槇野は少し考えた後口を開いた。

「最近じゃ、容姿が優れてるのも『神宮寺大空《ひろたか》の兄』だからという話になっていますもんね！」

「お前、ホントうるせぇな！」

成海は笑う槇野の席をうしろから小突いた。


幼い頃の成海にとって、兄である陸斗は一つの指標だった。

兄のようにすれば褒められるし、兄のように動けば正しいし、兄のような人間になればよい。

幼い頃の成海は本気でそう考えていたし、それを実行に移すため、いつも陸斗のまねごとばかりしていた。陸斗がピアノを習い始めればピアノを始めたし、家庭教師を付けると言えば、親に頼んで同じ家庭教師を付けてもらった。休日に友達とサッカー観戦に行くと言えば、無理を言って一緒についていくこともあった。

乳飲み子が後追いをするように、いつもうしろをついてまわる成海の存在を陸斗は可愛がってくれた。そして、時には導《みちび》いてくれた。成海もそんな兄のことが大好きだったし、尊敬していた。

しかし、そんな良好な兄弟関係も成海が中学受験を失敗したことで終わりを迎える。

陸斗が大して勉強もせずに入れた中学校に、成海は入れなかったのだ。

成海は落ち込んだが、彼の周りの人間は誰一人として彼を責めなかった。むしろよく頑張ったほうだと褒めてくれた。そこで成海は自分の兄が普通ではないことを知る。

兄は秀才とか天才とか言われる部類の人間で、自分は少し優秀なだけの普通の人間だった。根本的に人間の出来が違ったのだ。

それでも、成海は陸斗に追いつけるように努力した。しかし、どんなに頑張っても差は開くばかり。期待や羨望《せんぼう》は兄ばかりに向けられ、高校に上がる頃には、陸斗との実力差はより明確なものになっていた。

そして気がつけば、誰も彼もが成海を『神宮寺陸斗の弟』として見るようになっていた。

彼女を除いては――

『成海くんはおっかないところもあるけど、いっぱい優しいから大好きだよ！』

四歳年下の幼なじみだけは『成海』を『成海』として見てくれていた。ふわふわとした癖のある髪をなびかせながら、彼女はいつも成海の欲しい言葉をくれた。

『そんなことで悩んでないで、ここの問題教えて！』

『陸斗さんはねー。教えるの下手だからなぁ。私は成海くんのほうがいいな！』

『そういえば、今日はお菓子作ってきたの！　お勉強終わったら、一緒に食べよう！　成海くん、もうすぐお誕生日でしょ？』

それは確かに成海の初恋だった。

四歳も年下の彼女に想いを告げることはためらわれて、結局何も言わなかったが、彼女が神宮寺家に来た時はできるだけ長い時間を一緒に過ごして交流を深めた。いつか、年齢差も気にならないぐらい互いが大人になったら想いを告げようとそう決めて。

しかし、その初恋もあっけなく散ることになる。

『私、陸斗さんの婚約者になったんだって』

そう彼女から告げられたのが高校三年生の秋。その日のことはあまり覚えていなかった。

兄には、なにをしても勝てない。

その失恋で学んだことは、それだけだった。


「成海様、着きましたよ」

成海は槇野の声で目を覚ました。

気がつけば寝ていたようで、窓の奥には見慣れた実家が見える。

「そっか。今日は呼ばれてたんだったな」

「はい。宏司様がお待ちですよ」

「ん」

車を降りると、固まっていた身体がバキバキと鳴った。

最近では月に一回ほどの頻度で呼び出され、会社の今後についての話を交わしている。呼び出される場所は様々で、会社の会議室か行きつけの料亭というのが定番だった。実家というのは実に珍しい。

背伸びをしながらあくびをかみ殺すと、目に涙が溜まる。昨日は徹夜だったのだ。

(久しぶりだな。正月以来か)

敷地に入り、見慣れた日本庭園を見渡す。

昔は陸斗ともよくここで遊んだものだった。

(瑠香とも、よく一緒に遊んだな……)

瑠香というのは、成海の初恋相手である、幼なじみの女の子のことだ。神宮寺と同じぐらい歴史がある諸井家の一人娘。四つ下の彼女は、陸斗と成海を『陸斗さん』『成海くん』と呼んで慕《した》ってくれていた。

そんな彼女と話さなくなったのは高校三年生の秋。

失恋と同時に距離を置いた。彼女が神宮寺家に来ていると知っても会いに行かなかったし、偶然会っても何も話さなくなった。

彼女を前にして口を開けば、諦《あきら》めがつかずに彼女に何かを言ってしまうかもしれない。それで彼女を困らせることも、自分の心の傷を増やすのも本意ではなかった。だから、成海は彼女と距離を置いたのだ。

(そういえば、最近会ってもいないな)

幼なじみと言っても二人は家が近いわけでも、学校が一緒だったわけでもない。ただ、家同士で顔を合わせる機会が多く、そのたびに会っていたというだけなのだ。

瑠香と最後に会ったのは九年前。ちょうど陸斗が独立をすると言い出した時だった。

その頃はもう彼女に対する気持ちも落ち着いていたのだが、わけのわからないことを言い出した陸斗に構っていて、やはりろくに話もできなかった。

(懐かしいな)

「あ、お久しぶりです」

不意に前方から声がして成海は顔を上げた。そこには見知らぬ女性が立っている。

年齢は二十代なかば。着物を身に纏《まと》い、亜麻色《あまいろ》のふわふわの髪の毛は背中に流されていた。ハーフアップにされた部分だけ纏《まと》まっていて、どことなく上品な雰囲気を醸《かも》し出している。長いまつげに縁取られた瞳は大きく、まるで幼子のような顔つきなのに、雰囲気は落ち着いていて淑女という言葉がぴったりと合うような女性だった。

成海は足を止めて彼女を見つめる。

見たことがない女性だったが、どことなく見覚えはあった。

「瑠香……？」

「あ、はい」

成海の呆けたような声に、彼女は反応した。

九年前とは比べものにならないぐらい大人の女性になっている彼女は、礼儀正しく頭を下げる。

「……来ていたのか」

「はい。陸斗さんのことで宏司さんに呼ばれまして」

「そうか」

兄の名に、わずかに反応してしまう。もう別に、そんなに蟠《わだかま》りもないというのに。

瑠香と陸斗はまだ結婚してはいなかった。陸斗が家を出てしまったことと、互いにまだ結婚の意思がないのがその原因だ。しかし、婚約はまだ解消されておらず、年齢的にも結婚は秒読みではないかと、神宮寺家の使用人たちの間では噂になっていた。

「もうすぐ結婚なのか？」

「えっと、それはどうでしょう？」

困ったような顔で彼女は笑う。この様子では、まだそういう話になってはいなさそうだった。しかし、父が呼び出すということは、そろそろ……ということなのかもしれない。

成海は瑠香から視線を逸らす。

気持ちに折り合いはついているはずだった。あれから何人かの女性とも付き合って、完全に忘れたはずだった。今日だって、実家に来なかったら彼女のことを思い出しもしなかったはずだ。

(なのになんで……)

こんなに気まずいのだろうか。どうして、彼女が結婚するかもしれないというだけで苦しくなるのだろうか。

それらの感情に無理矢理蓋《ふた》をして、成海はそのまま歩を進め彼女の脇を通った。

「じゃ、兄貴によろしく」

「成海さん」

腕を掴んで呼び止められる。とっさに振り返れば、思った以上に彼女の顔が近くて息を呑んだ。

頬がじんわりと熱くなる。

「ちゃんと寝てますか？」

「は？」

「目の下の隈《くま》、すごいですよ」

そう言って目の下をなぞられる。頬に触れた華奢《きゃしゃ》な指先にドギマギした。

そんな自分の気持ちを隠すように、成海は彼女の手を自分から剥《は》がした。

「関係ないだろ」

「確かにそうですね。すみません」

眉根を寄せて笑う彼女の表情を見て、罪悪感がこみ上げてくる。別にそんな顔をさせたいわけではないのだ。ただ感情を揺さぶらないでほしい。成海の願いはそれだけだった。

瑠香はその困った表情のまま続ける。

「でも、心配になっちゃったんです。成海さんって昔から無駄に面倒見がいいから。私のこともずっと面倒見てくれてたし、いろいろ面倒ごと抱え込んでるんじゃないかなぁって」

その台詞《せりふ》にぐっときた。心臓も同時に跳ねる。

（だから、瑠香は兄貴の――）

狼狽《うろた》える自分にそう言い聞かせた。

昔から『初恋は叶わない』という。叶わないどころか、なにをしても勝てない身内に奪われてしまう成海の初恋は、どう考えてもかなり絶望的だ。だから、この気持ちは思い出さなくていいし、必要ない。なんなら捨ててしまいたいぐらいだった。

そんな成海の気持ちを知らない彼女は、至近距離で彼の顔をじっと見上げていた。心なしか楽しそうである。

(キスでもされたいのかよ)

そう思った瞬間、さらに顔が近付いてくる。

思わず成海は顔を逸らした。

(ほんとにすんぞ。この馬鹿が!!)

なんだかイライラしてくる。

彼女はまるで観察するように成海をじっと見上げていた。

(そうだ、昔からこいつはこんな感じだった)

よくわからない状態に、昔の記憶が蘇《よみがえ》ってくる。

瑠香は四歳も年下なのに、いつも成海を振り回していた。無理難題やワガママを言うわけではない。無茶をするわけでもない。

ただ彼女の言動に、成海はいつも振り回されていた。一喜一憂を繰り返していた。

「成海さん。あの……」

「前の呼び方でいい」

「え?」

「昔みたいに呼べよ。堅苦しい」

気がつけばそう言っていた。

瑠香は驚いたように一瞬目を見開いた後、頬を染めながら花のような笑みを浮かべた。

「うん！　成海くん」

その瞬間、馬鹿みたいに胸が高鳴った。

（最悪だ……）

思わず頭を抱えそうになる。

どうやら自分はまだ初恋を卒業できていないらしい。

彼女を忘れようとして付き合ってきた女性たちは、一体なんなのだろうか。けれど、今までに心動かされた女性は彼女だけだったのだから、本当にもう仕方がない。

（俺が悪いんじゃない。いつまでも変わらないこいつが悪い）

不毛な恋愛なんてしたくない。なのに、再会して確信した。おそらく自分はこれから何年も、彼女のせいで傷付く羽目になる。

（兄貴との間に子供でもできた日には、しばらく動けないだろうな）

そんな未来予想までしてしまう。

でも、認めるしかない。何年も離れて再発するのだから、この病は結構重症だ。もしかしたら一生付き合っていくしかないのかもしれない。

成海は諦《あきら》めのため息をつき、瑠香に向き直る。

「で、なんだよ」

「はい？」

「さっき俺のこと呼んだだろうが」

「あぁ！」

瑠香は手を打つ。そして、成海の肩を指さした。

「むしです」

「無視？」

「虫」

「虫!?」

ひっくり返ったような声を上げながら、成海は飛び上がる。虫は昔からあまり得意ではないのだ。あらかじめそこにいるとわかっていればどうとでも対処できるが、こんな風にいきなり存在を示されたら、身体が脊髄《せきずい》反射で反応してしまう。

「きゃっ！」

「わっ！」

成海が飛び上がると同時に、身体が瑠香に当たってバランスが崩れた。

（まずっ――）

瑠香の倒れ込む先には大きめの石。成海は思わず、彼女の頭を抱え込む。

「――っ」

「くそ。いてぇな……あ……」

気がついた時には瑠香が身体の上に乗っていた。彼女の背中に腕を回し、しっかりと彼女を抱え込んでいる。成海の背中には砂利《じゃり》があったが、それどころではない状況に痛みはまったく感じなかった。

互いの鼻先が触れ合い、同時に赤くなっていく。

「す、す、すみません!!」

真っ赤になった瑠香が飛び起きる。そして、あわあわと狼狽《うろた》えた後、その場から走り去ってしまった。


彼女の背中を見届けた後、成海はのっそりと起き上がる。そのまま無言で手のひらを見た。先ほどまで彼女がそこにいたのかと思うと、びっくりするほど気恥《きは》ずかしくなる。

(アイツ、なんか柔らかか――)

浮かんできた思考に、成海は自《みずか》らの頭を殴った。

「なに噛みしめてんだ俺は!」

自己嫌悪で死にたくなった瞬間だった。

その時、視線の先に一冊のスケジュール帳が落ちていることに気がつく。小さな可愛らしいスケジュール帳だ。柄からいって女物だろう。

「アイツのか」

いけないとわかっているが、パラパラとめくってしまう。そして今月のページを開き、眉根を寄せた。

最終週の週末。日曜日の日付にでかでかと大きなハートマークが書いてある。そのハートマークの中には待ち合わせするであろう場所と時間も書いてあった。

「デートか……」

それならば相手は陸斗だろう。

そう意識し始めた瞬間、胸がざわめいた。

第二章　完璧なお嬢様の裏の顔

名家である諸井家の一人娘、諸井瑠香はどこに出しても恥《は》ずかしくない完璧な淑女である。

掃除、洗濯、家事全般。お茶に生け花、お琴《こと》にバイオリン。教養とマナーは生まれた時から叩き込まれた。父に勧められ、インテリアコーディネーターの資格まで取り、あげく着付け技能士の資格まで持っている。

花嫁修業といわれるものは一通りこなし、淑女の中の淑女として育てられた瑠香だったが、そんな彼女には誰にも言えない裏の顔があった。それは――

「もー、ハルカ先生の新刊めっちゃ楽しみにしてたんですよ!!　落とさないでくださり、本当にありがとうございます！」

「こちらこそ！　ありがとうございます!!　ちゃまめさんの感想、いつもホント励みになります!!」

ちなみに、ハルカ先生と呼ばれているほうが瑠香である。

机の並ぶ同人誌即売会の会場に瑠香はいた。彼女の席の前には長蛇《ちょうだ》の列。

そう、彼女は同人漫画家なのである。しかも、まぁまぁ有名な部類の……

彼女の服装は先日のような着物ではなく、普通にカジュアルな洋服だ。ハートネックの薄いニットに、チェックのフレアスカート。足下は赤いパンプス。いつも着ている着物の装いとは、がらりとイメージを変えていた。しかも、万が一のことを考えて伊達眼鏡《だてめがね》とウィッグを着用している。これならよほどのことがない限り、誰も彼女が瑠香とは気がつかないだろう。

まさに、完璧な変装である。

(ま、こんなところに知り合いが来るはずないんだけどね)

瑠香のリアルな知り合いや家族たちはこういうイベントがあること自体もあまり認識していないだろう。いろんな意味で住んでいる世界が違うのだ。上とか下とかそういう意味ではなくて、関わりがないという意味で世界が違う。

客足が落ち着いてきた頃、またなじみの客が顔を出した。SNSでも相互フォローをしている作家さんだ。たまに無料通話アプリなどで互いに励まし合いながら作業をこなしている仲である。

「今回の新刊、サンプル漫画でもうドハマリしちゃって！　自分のところが落ち着いたんで一番に買いに来ちゃいました！　あのツンデレキャラ、いいですよね！」

はしゃぎながらそう言ってくれる彼女に瑠香もテンションを上げる。

「わ！　ありがとうございます！　あのキャラ、実はモデルにした人がいて、すごく描きやすくて！」

「モデル⁉　誰ですか⁉」

「幼なじみなんですけど。無駄に顔だけはいいんですよ！　ちょっとやんちゃしてるっぽいけど、根は真面目！　みたいな‼」

もしかしなくとも成海のことである。

「本当はもっと正統派っぽいキャラの見た目だったんですけど、最近再会して『この顔だ！』ってはっとしちゃって、急いで描き直したんです！」

瑠香は神宮寺家で彼と再会した時のことを思い出す。その時はなんとも思わなかったのだが、彼が隣を通る瞬間『このキャラだ！』と思わず腕を掴んでしまったのだ。

（あの時は隈《くま》があるって言ってごまかしたけど、思い返したら結構強引だったわよね）

ちなみに、虫がついてると言ったのも嘘である。資料用に成海のいろんな表情が見たくて、つい嘘をついてしまったのだ。そして、二人一緒に転ぶ羽目になった。

（さすがにあれはやり過ぎたなぁ。怪我とかしてないといいけど。庇《かば》わせちゃったし……）

その時不意に、彼の厚い胸板の感触が蘇《よみがえ》ってきた。背中に回された腕の力強さを思い出し、全身が熱くなってくる。

瑠香は思わず自分の顔を手であおいだ。

抱きしめられただけでこんな状態になってしまうのは、自分でも初心《うぶ》すぎるとは思う。しかし、仕方がないのだ。箱入り娘として育てられてきた瑠香には、男性との交際経験がない。学校もお嬢様学校と近所で囁《ささや》かれるような女子校に通っていたし、神宮寺家の兄弟たち以外、気軽に話せる男性の知り合いもいないのだ。

（といっても、成海くんには嫌われてるし。大空くんとはあんまり接点がないし。陸斗さんからも婚約破棄されたし。もう会うこともないんだろうけどね……）


『すまない。陸斗との婚約はなかったことにしてほしい』


そう、宏司が頭を下げてきたのは、成海に再会する三十分ほど前の話だ。理由は陸斗に恋人ができたから。陸斗の意志は固く、もう入り込む余地はないらしい。

親に言われるがままに婚約をしていただけの瑠香は、その話を聞いて『そっか』ぐらいの感情しか湧かなかった。陸斗に対して恋愛感情があったわけではないし、結婚願望もないに等しかったからだ。しかし、瑠香と陸斗の結婚を熱望していた彼女の父親はそれに激怒した。

神宮寺家と諸井家は昔から仲がよく、彼女の父親である勝信《かつのぶ》も宏司と懇意にしていたのだが、今回の件で完全に喧嘩状態になってしまった。

（お父様は『婚約解消はまだ決定じゃない。話し合い中だ』って言ってたけど、たぶんあれはほとんど決定事項よね）

婚約が取りやめになった今、瑠香が神宮寺家に行く理由もなくなってしまった。

だから、成海と会うのもきっとあれっきりになるだろう。

（最後になるんだから、ちゃんと挨拶しておけばよかったなぁ）

そうぼんやり考えていると、いきなり袖《そで》を引かれた。

引いたのは目の前にいる作家仲間で、目線は奥のほうに向いていた。

「ねぇねぇ。ハルカさん！　あの人、このキャラにそっくりじゃない？」

「へ？」

彼女が指したのは新刊の表紙だ。指先は成海をモデルにしたキャラクターに向いている。瑠香は彼女が見ている方向にそのまま視線をずらした。するとそこには明らかに場違いな人がいる。

紺色のテーラードジャケットに白いTシャツ。細身のジーンズにハイブランドのスニーカー。それだけではなんてことない服装なのだが、モデルばりの体形と相まって、彼は完全に場から浮いていた。

（成海くん、なんで……）

そこにいたのは、神宮寺成海その人だった。まさかのご本人登場である。こんなに嬉しくないご本人登場もなかなかないだろう。

彼はなにかを探すようにキョロキョロと辺りを見回していた。知り合いでもいるのだろうか。

「ね、そっくりじゃない？」

「確かにー……」

思わず棒読みになってしまうぐらいには気もそぞろである。

瑠香は焦る自分を必死に落ち着かせた。

（大丈夫！　今の私を『諸井瑠香』だと認識できる人は、ほとんどいないはず!!　このまま堂々としてれば……）

そうは思いつつも、瑠香の視線は下がった。正直に言って怖すぎる。

（な、な、なんで？　成海くんもそういう趣味があったとか!?　いや、ないないないないない）

その時、近付いてくる成海の手に見覚えのあるスケジュール帳を見つけ、彼女は顔を跳ね上げた。

（あ、あれ!?　どうしてあのスケジュール帳があんなところに……）

表紙に貼ってあるシールも、上から飛び出るように貼られた付箋の位置も、瑠香が知っているものと寸分違わない。というか、あれはどこからどう見ても瑠香のものである、間違いない。

（あれは確か、なくしたはずで……まさか――）

やっと答えに行き着き、息を呑む。すると、机の前に人影が立った。そして、低い声が瑠香の頭に落とされる。

「おい」

「……」

瑠香は顔を上げた。そこにはやはり成海が立っている。

彼は腕を組みながら瑠香を見下ろしていた。

「なんでお前がこんなところにいるんだ？」

（……それはこっちの台詞《せりふ》です……）

当然そんなことを言えるわけもなく、瑠香は頬に冷や汗を滑らせながら、その場で固まるしかなかった。

「お願いします！」

イベント終了後、ウィッグと伊達眼鏡《だてめがね》を外した瑠香は、成海に向かって必死に頭を下げていた。

場所は会場近くのカフェ。話が話だけに個室を用意してもらっていた。

頭を下げる瑠香に成海は目を眇《すが》める。

「えっと。俺はお前がその、同人活動だっけ？　をしてるのを黙ってればいいのか？」

「はい」

「なんで」

もっともな質問である。

瑠香は席に座り直し、ぎゅっと膝の上で握りこぶしを作った。

「お父様にバレたら、絶対にやめろって言われるだろうから……」

「まぁ……そうかもな」

瑠香の父、諸井勝信は頭の固い人間だ。悪い人ではないのだが、自分の知らないもの、よくわからないものは受け入れることが難しく、少々時代錯誤気味なのである。さらにはいまだに『女性は家で家庭を守るべき』と思っており、特に娘の瑠香にはそれを強制しているところがあった。

「勝信さんは、そういうのうるさそうだよな」

「そうなの！」

瑠香は成海にかぶりついた。

勢い余って、いつもの丁寧な言葉遣いはどこかに吹き飛んでしまっている。

「今時、お茶とかお花とか習って意味あると思う!?　そりゃ教養としてはあってても損はないかもしれないけど、そんなことより私はしたいことがあるの！」

今までの鬱憤《うっぷん》を晴らすように瑠香はそう吠える。

陸斗との婚約が破棄になり、瑠香にも一つだけ残念なことがあった。それは父親の側から離れられないことだった。

一人娘の瑠香に、父である勝信は一人暮らしをさせたがらない。何度か打診をしたこともあるのだが、『変な虫が付くかもしれない』と言って首を縦に振ってくれないのだ。したがって、瑠香が父の側から離れるためには結婚するのが一番手っ取り早かったのだ。

「だから、黙っていてください!!　もうホント、お願いします！」

瑠香はふたたび頭を下げる。それを見ながら、成海は何かを考えているようだった。しばらくの沈黙の後、彼はゆっくりと唇を開いた。

「それなら、兄貴との婚約を破棄しろ」

「はぃ？」

「んで、俺と婚約しろ」

成海の言葉に疑問符が飛ぶ。一体彼は何を言っているのだろうか。

そもそも、陸斗との婚約はもうあってないようなものだ。瑠香の父がうるさく言うからまだ完全に破棄していないだけで、宏司も陸斗もそのつもりだというのは明白だった。

「成海くん、ちょっと」

「そんなに兄貴と結婚したいのかよ」

「そういうわけじゃ――」

「なら、いいだろ？　兄貴がよくて俺がだめな理由があるのかよ」

そう断じられて、瑠香は呆けたように口を開けたまま固まってしまう。なにがいいのかわからないし、彼がなにがしたいのかもわからない。

「俺とお前が、実は前々から付き合ってたとかなんとか言えば大丈夫だろ。ああ見えて親父、仕事のこと以外は押せばなんとかなるタイプだからな」

「えっと……」

「バラされたくないんだろ？」

被せるように告げられたその脅《おど》しに、瑠香は首を縦に振るしかなかった。

◆◇◆

諸井瑠香と神宮寺陸斗の婚約は、両家の絆を強固なものにするために神宮寺宏司から提案されたものだった。

つまり、両家の絆をゆるぎないものにできるならば、瑠香の婚約相手は別に陸斗ではなくてもいいわけなのである。むしろ、陸斗が神宮寺家から出た今、成海と瑠香が婚約するほうが自然な流れと言えば、自然な流れなのだが……

（だからといって、この急展開はない）

瑠香の淑女のメッキが剥《は》がれてしまったその一か月後。瑠香は新しいマンションにいた。そのマンションは彼女の実家でもなければ、成海の元々住んでいた部屋でもない。新しく借りた部屋だった。

そう、二人はなんと同棲をすることになったのである。

急展開も急展開だ。

（お父様、めっちゃ驚いてたし。宏司さんは『ちょうどよかった』みたいな顔してたし……）

イベントから一週間後には、二人はもう両家に挨拶に行っていた。

陸斗との婚約を熱望していた勝信は、その報告を聞いてただただ驚いていた。三週間経った今でもまた現状を呑み込めていないというような感じである。

一方の宏司は、二人の突然の告白に驚いてはいたが、すぐ理解を示してくれた。それもそうだろう、諸井家との関係修復を望む宏司からすれば、それは降って湧いた良案である。

ということで、二人の婚約は無事認められたのだが、その挨拶の場で宏司は二人に、『もうそういうことなら同棲したらどうか』という提案をしてきたのだ。放っておきすぎて恋人を作ってしまった陸斗と同じ轍《てつ》を踏みたくないとでも思ったのだろう。

この提案には、さすがの成海も驚いているようだった。しかし、否定するのもおかしな話になると思ったのか、彼は承諾し、雰囲気的に瑠香も承諾せざるを得なくなった。

そうして二人は婚約と同時に、同棲を始めることになったのである。

「……参った……」

物の少ないリビングを見渡しながら、そうぼやく。

こんなことになるとは一か月前までは夢にも思わなかった。

「まぁ、でもいいか。成海くんとなら気軽だし」

少なくとも父や母と暮らすよりは気楽だった。これでこそこそ隠れて同人活動をする必要もなくなるというものだ。

彼は同人活動がどういうものかは理解していないようだったが、別に興味がないといった感じで否定も肯定もしなかった。そういうところが彼らしくて、とてもありがたい。

(でも、成海くんよかったのかな。こんな風に結婚相手決めちゃって……)

成海がこんなことをしてきた理由には見当がついていた。

要は、成海は陸斗と張り合うために瑠香と婚約したのだ。

昔から成海は陸斗に対抗意識を燃やしていた。最初のうちは憧れのような感情が強かったようなのだが、次第に競い合うようになり、最後には喧嘩のようになっていった。

九年前、成海に再会した時も、彼は陸斗と何やら言い争っていた。当時十八歳だった瑠香は、その成海の剣幕に驚いて声もかけられなかったが、今回のこともきっとその流れからきているのだろう。

『なら、いいだろ？　兄貴がよくて俺がだめな理由があるのかよ』

この台詞《せりふ》がすべてを物語っているような気がした。

（言いそびれてたけど、私と陸斗さんが婚約破棄しかけてたって話をしたら、成海くんに『ならいらない』って追い出されそうだな……）

諸井家の面子《メンツ》やこれからのことを考えて、体面的には瑠香が陸斗に婚約破棄を申し出たという話になってはいるが、事実はまったくの逆なのだ。それを知られてしまえば、彼にとっての瑠香の価値などゼロに等しくなる。騙《だま》しているつもりはないが、なんだか言うのも憚《はばか》られて、今までずるずるときてしまった。

瑠香は自分にと宛がわれた部屋に入ると、パソコンの電源をつける。そうして、描きかけの原稿を表示させた。

まだネーム段階だが、なかなかにいい感じの原稿になる予定である。

（私はこうして自由にできる場所と時間が増えたからいいけど、成海くんのメリットって『陸斗さんを負かす』以外になさそうだもんね。こんな生活楽しくないよね）

それを裏付けるように、彼はここ一週間自宅に帰ってきていなかった。きっと先日週刊誌に載っていた噂の恋人のところにでも行っているのだろう。

（ま、追い出されたら追い出された時よね。その時までにしっかりお金を貯めておかないと！）

瑠香は腕まくりをする。

陸斗からも婚約破棄をされ、成海からも三下《みくだ》り半《はん》を突き付けられたとあっては、さすがに父親から勘当《かんどう》を言い渡されるかもしれない。

幸いなことに瑠香は同人活動でそれなりの収益を上げていた。家族も……となれば厳しいかもしれないが、自分一人の食い扶持《ぶち》ぐらいなら何とかなる程度の稼ぎはある。それに今まで貯めてきたお金もそこそこあるのだ。放り出されても、しばらくはなんとかなるだろう。

「さぁて、次のイベントの締め切りまであと少し！　頑張るぞ!!」

瑠香はイキイキとした表情でこぶしを振り上げた。

◆◇◆

「今日こそはちゃんとご自宅のほうに帰られてはいかがですか？」

諭すような声でそう言ったのは槇野だった。その言葉はもちろん、後部座席で不機嫌そうに足を組む成海に向けられている。

時刻は二十二時。先ほどようやく仕事が一段落し、成海は帰宅するところだった。しかし、向かっているのは会社近くのホテルである。

成海はバックミラー越しに槇野を睨《にら》み付けながら、鼻に皺《しわ》を寄せた。

「……うるさい」

「もう一週間ですよ？」

「別にいいだろ」

「ホテル代も馬鹿になりませんし」

「別に経費で落としているわけじゃない」

「それに、自分でしでかしておいて放置って。私はどうかと思いますけど」

その台詞《せりふ》に成海の眉間に皺《しわ》が寄る。しかし、彼は口をへの字に曲げるだけで何も反論はしなかった。

槙野は続ける。

「勢いで瑠香様を囲い込んだはいいものの、勢いがつきすぎて同棲まで始めてしまい、どう接していいのかわからず手をこまねいておられるのはわかります。私がそんな成海様を大変可愛らしく、微笑ましく思っているのも事実でございます」

「……お前はホント、一言多いよな」

「しかし、さすがに何日も自宅に帰らない日々が続くと、瑠香様も寂しがられるんじゃないですか？」

「寂しがらないだろ。別に……」

唇をとがらせながら成海は窓の外を見る。

婚約者から引き剥《は》がし、自分を無理矢理囲い込んだ男が自宅に帰らないことを寂しがる女性はいないだろう。むしろ、帰ってこないことを「清々した」と喜ぶ女性のほうが多いかもしれない。

（いや、別に瑠香がそういう女だと思っているわけじゃないんだが……）

彼女は陸斗との婚約をさほど重要視していない感じだった。『そんなに兄貴と結婚したいのかよ』という成海の問いに『そういうわけじゃ――』と返してきたのがその証拠だ。おそらく親に言われるがまま婚約をしていたとか、そういうところだろう。だから――

『兄貴がよくて俺がだめな理由があるのかよ』

あの言葉は本心だ。親から言われたってだけで陸斗と婚約するのなら、自分でもいいはずだ。むしろ、気持ちがある分、陸斗よりも大切にしてやれる。そういう思いで発した言葉だった。

だから本気で彼女に恨《うら》まれているとは思ってはいない。

両家に挨拶に行く時も、彼女は困惑していたが嫌そうな顔はしていなかった。

ただ、人の心というのはわからないものだ。自分の心も相手の心も、わかっているようでわからないことが多い。

だからこそ、躊躇《ちゅうちょ》してしまう。

「とりあえず、今日は自宅のほうに戻りますね」

「おいっ！」

いきなりハンドルが切られ、身体が揺れる。

非難めいた成海の声を受けても、槙野の声は涼しげだ。

「今日から二日ほど久々にお休みなのに、自宅に帰らない理由がありますか？」

「それは――」

「それに、今晩は天候が荒れると先ほど天気予報で言っておりましたよ。ところにより雷雨、ということでしたので、夜が明けるまでは側にいてあげてもよろしいのでは？」

その言葉に成海も黙る。

（そういえば、瑠香は雷とか苦手だったな……）

幼い頃の話なので今はどうだかわからないが、昔は雷が鳴るたびに、瑠香は涙目で机の下に潜《もぐ》り込んでいたものだった。そんな彼女を成海は根気強く励ましていた。

何も答えない成海の反応をどうとったのか、車は加速する。

そしてあっという間に、自宅マンション前にたどり着いたのだった。


（どういう顔で帰ればいいんだ？）

自宅マンションに着いたはいいものの、成海はもう何分も玄関扉の前で固まってしまっていた。

一フロアに一つの部屋しかないので、他の住人に変な顔で見られる危険性はないが、それでもドアの前でぶつくさと何やら呟く様は不自然極まりない。誰かに見られたら速攻で通報ものだろう。

成海はドアに手さえもかけられない状態のまま、その場で熟考を重ねる。

（そもそも『ただいま』でいいのか？　いや、それはあまりにも馴れ馴れしすぎないか？　確かにここは俺の家でもあるんだが、それはそれで、これはこれで）

そんな自問自答を繰り返す。

（というか、そもそも瑠香は家にいるのか？　勝信さんから離れて自由になった今、瑠香だってどこかで友人と食事をしていても不思議じゃないし。あぁでも！　アイツ、ああ見えて結構義理堅いところがあるから、泊まりで出かけるなら一言あるだろうしな）

イライラして、踵《かかと》が床を小刻みに蹴り始める。

（というか、そもそもその友達というのは男なのか？　女なのか？　男だった場合は浮気……いやだけど、婚約してるってだけで、まだそういう関係ではないわけだから、俺がとやかく言うことはできないわけで。……でももし男だったら、俺はどうやって止めればいいんだ⁉　というか、そんなこと許され――）

その時、玄関扉の奥からけたたましい物音が聞こえてきた。何かガラスが割れた時のような音だ。

その音に、成海の肝《きも》は一気に冷える。

「もしかして何か――」

考え至る前に、鍵を開け部屋に飛び込んでいた。靴を放り投げるように脱ぎ捨て、廊下を走る。

（泥棒か⁉　事故か⁉　病気か⁉）

音だけではガラスが割れたのか、食器が割れたのか判別できなかった。ガラスが割れたのなら、外から何者かが侵入したという可能性も考えられるし、食器ならそれで怪我をしたという可能性や倒れたという可能性も十分考えられる。

成海は勢いよくリビングに通じる扉を開け放つ。そして、目に入った光景に目を見開いた。

リビングにあるダイニングテーブルの上で瑠香がぐったりとうつ伏せになっていた。足下には割れたコップ。中身が飛び散っていないところを見ると、落ちたのは飲み干した後だろう。

「おいっ！」

成海は瑠香に駆け寄った。身体を揺らすと、意識がないのか頭がぐらりと傾いた。

「おいっ‼　大丈夫か！」

大声で呼んでみても反応はなし。成海はポケットからスマホを取り出すと、素早い手つきで119と押した。その手には少しの躊躇《ちゅうちょ》もない。

(早く、早く、早く!!)

電話が繋がる間でさえも惜しかった。もしかしたら、彼女の命が危ないかもしれないのだ。心筋《しんきん》梗塞《こうそく》、脳出血、心筋症、可能性のある病名を挙げればきりがない。成海は下唇を噛みしめる。

しかし、119が繋がる直前——

「……げんこ……が……」

聞こえてきた彼女の声に、はっと息を呑んだ。

電話を切って様子を確かめると、彼女はただ寝ているようだった。そして、伏せっている彼女の下には大量の紙。

コマ割りのようなものが描いてあるところからみて、漫画の下書きのようなものだろう。

よくよく見てみれば、彼女の目の下には濃い隈《くま》ができていた。

「なんだ……」

安心からか身体の力が抜ける。

コップを落としても、大声で呼んでも反応しなかった原因はきっとこれだ。どうやら彼女は作業に熱中するあまり、睡眠をろくに取っていなかったのだろう。

「……あわな……」

瑠香はまた何か寝言のようなものを呟いていた。

眉間に皺《しわ》を寄せているところからして、あまりいい夢を見ているわけではないらしい。

「——驚かせやがって」

ため息とともにその場にうずくまる。自分でもびっくりするぐらい情けない声が出た。

彼女に何かあったのではないか。そう思っただけで、正直生きた心地がしなかった。こんなに焦ることがあるのかと、三十一年生きてきて今初めて知った。

瑠香は自身の腕を枕にしながらむにゃむにゃと口を動かす。そんな姿がたまらなく可愛い。

「でーた……　ばっく、あっぷ……」

「何を言ってるんだこいつは」

思わず笑みが漏れた。

成海は落ちていたコップを片付けると、彼女を横抱きにする。こんな風にしても、彼女はまったく起きる気配を見せない。

むしろ可愛らしいことに成海の胸板に頬をこすりつけてくる始末だ。

「そういうこと、他の男にはやんなよ」

そう呟きながら、彼は瑠香を部屋に運ぶのだった。

◆◇◆

（あったかいし、気持ちいいー）

瑠香は温かい雲に包まれていた。ふわふわの雲は太陽の光を一身に浴びて、どこもかしこも気持ちがいい。しかも、いくら寝返っても、優しい雲は身体を追いかけてきてくれる。頭を乗っけている部分だけがやけに硬いが、それでも寝心地は最高だった。

（あれ、寝心地？　じゃあ、ここはもしかして布団の中？）

夢の中で、はたと気がつく。辺りを見渡せば、先ほどまでふわふわの雲だったところが羽毛布団に変わっていた。急に現実感が出てきて、瑠香の意識はだんだんと覚醒《かくせい》に近付いていく。

（でも私、確か布団で眠ってなかった、よね？　それに頭の部分が枕にしては少し硬いような……）

硬い枕に頰をすり寄せる。すると、枕だと思っていたものがうごめいた。そして、耳元で聞こえる小さな声。

その声に気を取られていると、何かが腹部に巻き付いてくる。

（くる、し……なに⁉）

瑠香は自分の腹部を見下ろして、そして絶句した。なんと、自分の腹部に蛇が巻き付いていたのだ。

（へ、へ、へ、ヘビ⁉）

彼女は大慌てで腹部に回ったヘビを引きはがそうとする。すると、ヘビはさらに拘束を強めた。そして、背中に当たる何やら温かいもの。

「るか」

耳の側で聞こえた声に、なぜか血が沸騰《ふっとう》した。

聞き覚えのある低音に、身体が動けなくなる。

ふと気がつけば、ヘビだったものが人の腕に変わっていた。瑠香が枕として頭の下に敷いていたものも、改めて見れば人の腕である。

「え……と……」

瑠香はここでようやく自分が覚醒《かくせい》したことに気がついた。今日はずいぶんと長く寝ぼけていたらしい。

(当たり前か、三日も寝てなかったんだし)

しかし、覚醒《かくせい》したはいいが、自分の状況がうまく掴めない。

(ここは……部屋みたいね)

とりあえず見えるものから現状把握《はあく》だ。

(今、私はベッドに寝ていて。それで、これは……?)

腹部に巻き付いた腕と、枕にしていた腕を確かめる。背中に感じる熱のことを加味して、瑠香は冷静にある結論にたどり着く。

(私のベッドに不審者が入り込んでるー!?)

身体が縮こまりガタガタと震えだす。ベッドから窓を見れば、外は暗かった。まだ朝日は昇っていない。

(こわいこわいこわいこわい!!)

服を確かめればちゃんと着ているようだ。とりあえず、寝ている間に……というのは避けられたらしかった。

これで裸だったら、発狂だけでは済まされない。

（ど、どこから入ったの⁉　私ちゃんと玄関の鍵締めたよね⁉　え、もしかして締めてなか……あぁもう！　三日前の記憶なんて思い出せないよ‼）

涙がじわりとあふれてくる。とりあえずベッドから出て逃げなければと思うのに、動いた反動でうしろの不審者が起きてしまうかもしれないと思うと、うまく身体が動かない。

（成海くんっ！）

ここにいない彼のことを想った。

彼が帰ってきてくれれば……。そうは思うが、もう一週間も彼は家に帰ってきてくれてはいないのだ。明日から土日を含めた三連休に入る。仕事熱心な彼が丸々休むのは考えにくいが、それでも一日か二日は休むだろう。ならば、今晩は週刊誌で噂になった恋人のところへ行っているに違いない。そう考えると彼の助けは絶望的だった。

（私しかいないんだから、一人でなんとかしないと！）

自分を奮い立たせる。しかし、頭の片隅には先ほど助けを求めた成海がちらついた。

考えてみれば、彼は昔から瑠香を守ってくれていた。雷が怖いと言えば、一緒に机の中に潜《もぐ》り励ましてくれた。近所の犬が吠えるのだと泣きつけば、手を握りながら一緒に前を通ってくれた。暗闇が怖くて眠れないと相談すれば、眠るまで電話口で話しかけてくれた。

四歳も下の幼なじみを妹のように感じていたのだろう。彼は文句を言いながらも、甲斐甲斐しく世話をしてくれた。

おかげで、雷も犬も暗闇も今ではまったく怖くない。

（あの頃は成海くんが王子様みたいに見えてたんだっけ）

だから、陸斗と婚約することになった時は、少し落ち込んだ。元々成海からは妹のようにしか見られていなかったのは知っていたし、あの頃は父親の言うことが瑠香のすべてだったから逆らうというのは考えもつかなかったが、『成海くんじゃないんだ』と当時の瑠香はしばらくぼーっとしていた。

（で、成海くんに無視され始めて、私の恋心はあっけなく散ったと）

振り返ればあれは初恋だった。告げるどころか自分でも気づくことさえもなかった淡い片想い。今だって彼のことを『いいな』とは思う。だけど、家にも寄りつかない彼との関係が進むわけがないのもわかっていた。この関係に発展はない。よくて昔の幼なじみに戻るぐらいだろう。それだって、どうなるかはわからない。

（でも、なんか勇気出てきたかも！）

昔のことを思い出していたからか、気持ちは大分落ち着いてきた。手足も震えなくなっている。

瑠香は布団から抜け出そうと、身体をわずかに浮かせた。その時だ――

「ん」

うしろからまったりとした声が聞こえて、腹部に回った腕が彼女の身体を引き寄せた。

「おい」

低い声に背筋が凍る。

「……どこいくんだ？」

そう聞かれて、背中にいる男が目覚めたのを知った。

「きゃあああぁあぁ!!」

ひっくり返った悲鳴を上げて、瑠香は近くにあったクッションを掴む。そしてうしろを振り返り、クッションで男を叩いた。そのまま何度もクッションを振り下ろす。

本当ならばもうちょっと硬いもので叩きたいのだが、ベッドの周りにはこれ以上硬いものは置いていなかった。

「ちょ、おま――!!」

「馬鹿！　変態！　不審者！　やだやだやだやだ!!」

「おちつ――ぶっ！」

「成海くんっ!!」

最後に成海を呼んだのは助けを求めてだ。しかし、その言葉に目の前の男が反応を見せた。

「――ってぇな！　なんだよ!!　だからやめろって、ぃてっ！」

「あんたのことなんか呼んでない！　成海くんを呼んでるの！　成海くん!!」

「だから、なんだって！」

手首を取られる。クッションも取り上げられ、瑠香はぎゅっと目を瞑った。

「おい」

「……」

「大丈夫か？」

聞き慣れた声がする。瑠香は瞑った目をうっすらと開けた。暗くてよく見えないが、そこには見慣れた顔がある。

「え？　成海くん？」

「だから、なんだって」

「ど、ど、どうして⁉　どうして、成海くんが私のベッドにいるの⁉」

驚きすぎて、ベッドから落ちそうになる。それを支えたのも成海だった。

「――ぶねぇなぁ」

「ごめん」

瑠香は頭を下げる。

今日は帰ってこないと思っていた彼が家にいて、さらにはなぜか一緒のベッドで寝ている。その事実が受け入れがたく、頭が混乱する。

「なんでここにいるかって。そんなこと聞かれても、お前が離さなかったんだろうが」

「へ？　私が？」

「そうだよ。俺はお前がリビングで寝てたから、見かねて部屋まで運んだだけだ。そしたら、お前が俺のシャツを掴んで行くなとか言い出すから……」

彼が言う通りにシャツには皺《しわ》が寄っている。手で掴んだように一部がくしゃりと潰されている。

（じゃあ、本当に私が？）

『やだぁ、さむい！　いっちゃやだー』

甘える子供のような自分の声が耳朶《じだ》の奥で蘇《よみがえ》り、瑠香は頭を抱えた。

（そうだ！　あの時ちょっと寒くて……）

夢と現《うつつ》の間の記憶はひどく曖昧《あいまい》だ。しかし、そういう記憶があるということは、彼の言うことも嘘ではないということなのだろう。

曖昧《あいまい》な記憶には曖昧《あいまい》なままの続きがあった。

『あのな、男をベッドに誘う意味わかって言ってんのかよ』

『本当に襲うぞ。ぐちゃぐちゃにするぞ。いいのか？』

自分を組み敷いた彼にそう見下ろされ、目が覚めるよりも先に目が回った。そのまま記憶は黒い沼の中へ沈んでいく。

（え!?　ちょっと待って！　今のどういう――）

脳内を掠めた記憶に混乱する。もしかしてもしかしなくとも、あれは貞操の危機だったのではないのだろうか。

少なくとも漫画や小説の世界ではその台詞《せりふ》後の展開はお察しである。

（いや、でも今の台詞《せりふ》が私の捏造《ねつぞう》って可能性もあるわけで……）

捏造《ねつぞう》だとしたら恥《は》ずかしすぎるが、可能性は無きにしも非《あら》ずだ。瑠香はその事実を確かめるため口を開いた。

「あの、成海くん――」

その瞬間、窓の外が爆《は》ぜた。激しい閃光《せんこう》の直後、雷特有の腹の底を揺らすような音が鳴る。

「ひゃぁ!!」

雷は克服したはずなのに、近すぎるその音で瑠香は飛び上がり、成海の腕に抱きついてしまう。

「なんだ。まだ怖いのかよ」

「いや、これはちょっと驚いちゃっただけで……」

「そ」

素っ気なくそう返すが、瑠香の頭を撫でる彼の手は優しい。

成海は窓まで歩き、外を眺めた。そして「あー……」と、声を漏らす。外はバケツをひっくり返したような土砂降りだ。

「こりゃ、近くに落ちたな。ま、すぐ復旧するだろ」

「復旧?」

瑠香は意味がわからないというように首をかしげる。

成海は外の街灯を指した。

「電気のことだよ。今、停電してるだろ? ほら、街灯もついてない」

「あ、本当だ――って!」

瑠香は、はっと顔を跳ね上げた。そのままスリープ状態にしていたパソコンに駆け寄る。電源をつけようとスイッチを押しているが、当然つくはずもない。

「ど、どうしよう！　データ、どこまで保存してたっけ⁉　えっと確か、途中までできたから眠気覚ましに珈琲《コーヒー》を飲みに行って、そのままそこで……え？　最後に保存したのって……え⁉」

青くなる瑠香に成海は近寄った。

「どうかしたか？」

「どうしよう！　どうしよう！　どうしたらいいと思う、成海くん⁉」

勢いのまま掴みかかってきた瑠香に、成海は身を引く。その頬は暗闇でもわかるぐらい、ほんのり赤い。

「とりあえず何が起こったのか話せよ。今のままじゃ意味がわかんねーだろうが」

瑠香は今までにない深刻そうな顔でうつむいた。

「……ータが飛んじゃったの……」

「は？」

「さっきまで描いてた原稿のデータが飛んじゃったかもしれないの‼　どうしよう！」

あまりの出来事に、成海に迫られたかもしれない事実をそっくりそのまま忘れ、瑠香は目に涙を浮かべた。

◆　◇　◆

「おい、珈琲《コーヒー》淹れたぞ。飲むだろ？」

「うん。ありがとう」

前髪が邪魔になるのかピンで留め、ブルーライトをカットできる眼鏡をかけた瑠香は、成海の差し出した珈琲《コーヒー》を嬉しそうに受け取った。二人っきりで過ごす初めての休日なのに、甘い雰囲気が微塵《みじん》もないのは彼女のしている作業のせいだろうか。それとも二人の関係のせいだろうか。

彼女は黙々と画面に向かって作業をしていた。ペンのようなマウスを何度も上下左右に動かし、絵を描いている。描いているのは漫画なのだろうということは、そういうことに疎《うと》い成海にも理解ができた。

停電は成海の予想通りに翌朝には復旧していた。

データのほうは少し消えてしまったらしいのだが、瑠香がこまめに保存していたので、致命的な打撃にはならなかったらしい。

それを理解した瑠香は朝から上機嫌だった。

現に、こうして成海が画面を覗き込んでも怒らない。

「はぁ、うまいもんだな。お前、漫画家なの？」

「漫画家というより同人作家のほうが正しいかな。……難しいんだよね。同人作家でも商業やってるプロの方もいるから、同人作家＝アマチュアではないし……」

「これは、何かのキャラクターなのか？」

「私がやってるのは一次創作なの」

「いちじ？」

「オリジナルってこと」

意味のわからない単語のオンパレードに、成海は遠い目をした。

「わっかんねぇー」

「だよね。私も最初は意味わかんなかった」

噴き出すように彼女は笑う。化粧も何もしていない、着飾っていないどころか、Tシャツと短パンというラフな格好なのに、その笑みが可愛く思えてしまうのだから、恋とは不思議なものである。

「その漫画、結構大事なデータだったのか？」

「合作本だからね。私一人の原稿じゃないし、落としたら他の人に迷惑かけちゃうから」

「合同プロジェクトって感じか」

「まぁ、そんな感じ」

瑠香はまた笑う。成海の表現の仕方が面白かったのだろう。

彼女曰《いわ》く、合作本の締め切りを思い出したのが四日前だったらしい。合作本のことは完全に頭から消え去っており、ネームも含めて原稿は白紙。

しかし、せっかくの原稿を落としてはいけないと、彼女はそれから寝ずに漫画を描いていたらしいのだ。

(そりゃ、あんなところで寝るわな)

完徹三日目ならわからなくもない。

成海はあの時の瑠香を寝ていると判断したが、実際には気絶したと言うのが正しいのかもしれない。体力的にも精神的にも身体が限界を感じ、それこそパソコンが強制終了するように、身体の電源が落ちた。そんなところだろう。

珈琲《コーヒー》をする成海を置いて、彼女はひたすら同じコマを描き込んでいく。その表情は真剣そのものだ。

「それ、面白いのか？　ちまちまと……」

「面白いって言うか。もう半分使命って感じかな！」

「使命？」

「ほら、手に取ってくれた人が『面白かったです！』って言ってくれるのが、最高に嬉しいんだよね！」

そう言う彼女はイキイキとしていた。見ているのもまぶしいぐらいに輝いている。

成海は珈琲《コーヒー》を持ったまま、ソファーから腰を浮かす。

「そっか。じゃ、俺は邪魔しないように向こう行ってるわ」

「まって！」

「ん？」

珈琲《コーヒー》を持っていないほうの腕を引かれて、成海は振り返った。そこには目を輝かせる瑠香の姿。

「成海くん。パソコン触れたよね？」

「いやまぁ、ある程度は使えるが……」

嫌な予感を感じながらそう答える。使えると言っても仕事で使うぐらいだ。まったくの初心者ではないが、専門で何かができるというスキルは有してない。

瑠香は成海に向かって勢いよく頭を下げた。

「手伝ってください！　お願いします!!　使い方は教えるから！」

「はぁ？」

「とりあえず、ベタと台詞《せりふ》だけでいいから！　今は猫の手も借りたいぐらいなの！　よろしくお願いします!!」

瑠香の後頭部を見ながら、成海は眉間の皺《しわ》を押さえる。

(これも惚れた弱み、になるのか？)

彼は深くため息をつき、せっかくの休日を潰す決断をした。

「その×の付いているところ、ベタ――さっき教えたバケツツールで黒塗りして！　台詞《せりふ》は書き起こしてるので、それっぽいフォントと大きさでお願いします！」

「それっぽい？」

「なんとなくで大丈夫だから！　書き込みだけ終わらせといてくれたら、後は適当にこっちでフォントいじるし！」

猫の手も借りたいと言っていたのは本当だったようで、なんの知識もないにもかかわらず、成海は瑠香にこき使われていた。彼女のノートパソコンをローテーブルの上に広げ、送られてきたデータを開け、言われた通りに単純作業をこなしていく。

(なんか新入社員になった気分だな)

作業をしながら珈琲《コーヒー》に口を付ける。成海は現在JINGUのCOOとして働いているが、最初からこのポストが用意されていたわけではない。JINGUのポストは親類縁者だからといって、無条件で与えられる類《たぐ》いのものではないのだ。

成海も他の社員と同じように最初は新入社員として入社し、現場を何年か回った後に経営陣に加わった。その時は神宮寺の名前を使わずに偽名で入社しているので、誰も彼が神宮寺家の次男ということは知らずに接する。中には、彼がそうだとは知らずにパワハラのようなものをする輩《やから》までいたぐらいだ。当然、後に解雇されたのだが。

その数年で実力が認められれば経営陣に加わり、認められなければ解雇。よくて地方に左遷というのが、神宮寺家に生まれた者の宿命である。もちろん、弟の大空のように別の世界で活動する者もいる。しかし、神宮寺家に生まれた者がJINGUに入ろうとするのならば、この道は通らなければならなかった。

成海は入社三年目でその部署の営業成績を十倍にし、見事、経営陣の仲間入りをした。その時つなげたパイプは、今も会社を潤《うるお》している。

(あの頃が一番必死だった気もするな)

単純作業を繰り返しながら感慨《かんがい》にふける。

COOになった今、成海のことを顎《あご》で使おうとするのは、父親である宏司を除いては瑠香一人だけだろう。

（それにしても……）

成海は自分の打っていた文字を改めて読み返す。


『心の底から、愛してる』

『君だけしかいらない！』

『本当に君は可愛いね』


（こいつら、口に砂糖でも詰まってんのか？）

思わずげんなりしてしまうぐらいの甘い台詞《せりふ》のオンパレードである。

（やっぱり瑠香もこういうことを言うやつのほうがいいのか？）

彼女が描いているのはオリジナルの漫画だ。その可能性は大いにある。兄の陸斗ならいざ知らず、成海は天地がひっくり返ってもこんな歯の浮くような甘ったるい台詞《せりふ》など吐けない。少なくとも素《しら》面《ふ》では無理だ。

（と言うか、俺の気持ちは伝わってんのか？『婚約しろ』とまで言ったんだから、さすがに伝わってると思うんだが……）

好きと言う理由以外で『婚約しろ』と言い出す男はいない。少なくとも、成海は知らない。ならば瑠香だってその辺りはわかっているだろうと思うのだが、どうにも気持ちが伝わっている気がしなかった。今の二人の関係は、幼なじみの頃のそれである。

台詞《せりふ》を埋め終わった成海は、一時間ほど前に教えてもらったバケツツールで、指定のあるコマを塗りつぶしていく。

（この漫画の主人公はこいつか……）

その中で最も出番の多いキャラクターの顔を見る。彼は黒髪をなびかせながら優しげな笑顔を浮かべている。正当派イケメンというやつだ。その彼が先ほど成海が打ち込んだ甘い台詞《せりふ》を次々と吐いていく。

（……なんか、こいつ兄貴みたいだな）

一度そう思ったら不思議なもので、その主人公がどうにも陸斗にしか見えなくなってくる。成海と違って陸斗ならこういう甘い台詞《せりふ》を吐いても絵になるに違いない。

（つまり瑠香は、こういう顔のイケメンにこんな甘い言葉を吐かれるのが好きってことか）

イライラが募《つの》る。もう陸斗と瑠香はなんの関係もないはずなのに、こういうところでヤキモチを焼いてしまう。

（『兄貴がいいのか』って聞いた時はそうでもなさそうだったくせに、やっぱり瑠香にとっての理想は兄貴なのかよ）

つまり瑠香に、成海と陸斗の好きなほうを選べと言ったら、彼女は陸斗を選ぶということだろうか。

いまだに越えられない壁である陸斗が思わぬところで立ちはだかり、成海は荒々しく息を吐いた。

別に今になって恨《うら》みも嫉妬《しっと》もないが、こと彼女のことに関しては出てきてほしくないというのが本音だった。

負けるから出てきてほしくないというのは、恥《は》ずかしい限りだが。しかし、限りなく本音である。

胸のくすぶりをこらえきれず、成海は立ち上がる。瑠香はいきなり動いた彼を不思議そうな顔で見上げた。

「成海くん？」

「疲れた。休憩」

「あ、うん」

そのままベランダに出て胸ポケットを探る。取り出した煙草《たばこ》に火をつけて吸えば、心が幾分か落ち着いた。

（なにやってんだ、俺）

自分の馬鹿馬鹿しさに腹が立ってくる。

その時、隣で誰かが咳き込んでいることに気づいた。横を向くと、そこには瑠香がいる。

「何やってんだよ。お前、喘息《ぜんそく》持ちだろうが！　こっちくんな！　せめて風上のほうにいろよ！」

「へへへ、ありがとう」

瑠香は成海の背のほうを通り、風上に移動する。

それを確認して、成海はまたフィルターに口を付けた。

「……何しに来たんだよ」

「いや、怒らせたかなぁって。やっぱり手伝い嫌だった？」

どうやら成海の態度で、彼女にいらぬ心配をさせたようだった。成海は彼女を安心させるように表情を崩す。

「別に嫌ってわけじゃねぇよ。ただ疲れただけ。一本吸ったらまた手伝ってやるから気にすんな」

そう言って頭を軽く叩けば、彼女は憂《うれ》いが晴れたように一つ頷いて笑みを浮かべた。

「ありがとう」

「ん」

彼女にかからないように角度に気をつけ、煙を吐く。それを見ながら彼女は首をひねった。

「というか、成海くんって煙草《たばこ》吸うんだね。はじめて知った」

「まぁな。学生時代、うまくいかないことばかりだった頃、周りへのあてつけもあって吸い始めた」

不思議そうに自分を見上げる瑠香に、成海は自嘲《じちょう》するような笑みを浮かべた。

「なんか、馬鹿みたいだろ」

「そんなことないよ。私だってたまにお父様に対してわぁ!! ってなることだってあるもん!」

瑠香は子供のように手を広げて爆発を表現する。

「それに比べて成海くんって優しいよね。私の趣味否定しないし」

「そもそもよくわかってないからな。わからないものは否定のしようがないだろ」

「うちのお父様は結構そういうところがあったからさ。もう否定しないでくれるってだけでありがたいよ」

何かを思い出したのか困ったように瑠香は笑う。

「だから、今のこの環境が夢みたいなの！　こそこそと隠れて趣味しなくてもいいなんて、ホント最高！」

彼女としては何の気なしに吐いた言葉なのだろうが、それはまるで『成海と婚約してよかった』と言っているように聞こえて、成海の口元は緩んだ。

その上機嫌に促《うなが》され、彼は先ほどから気になっていた一つの疑問を口にした。

「なぁ。あの漫画の主人公、兄貴みたいだよな」

「へ？　そんなこと言ったら受は成海くんみたいだよね！」

「は？　ウケ？」

「あぁ、ああいう漫画でいうところの、女性側というか、ヒロインポジションというか……」

「ん？　ちょっと待て！　あれ、男同士の恋愛のやつなのか!?」

思わぬ事実に、成海は身を乗り出してしまう。その反応を受けて、瑠香は驚いたように目を瞬かせた。

「へ？　そうだけど。読んでてわかんなかった？」

「そもそも、読んでねぇよ！　送ってくるページバラバラじゃねぇか！」

「確かに」

成海の反応が面白かったのか、瑠香は肩を震わせながら笑いだす。

「お前さ、兄貴と結婚しても、あいつにこんなことやらせるつもりだったのか？」

「いやいや。陸斗さんと結婚したら、そもそも趣味やめてたかもだし！」

「は？　なんで？」

思わぬ答えに、煙草《たばこ》の灰が落ちた。

「陸斗さん、そういうのちょっと潔癖そうだからさ」

「そうか？」

「別にしてもいいけど、見えないところでやってくれってタイプじゃない？」

「……それは確かにあるなぁ」

「でしょ？」

「だからまぁ、趣味をやめなくてよかったなって」

そう言うや否や、また咳き込みだす。

煙草《たばこ》の煙は吸ってないだろうから、きっと先ほどの咳《せき》で癖になってしまったのだろう。

成海は少し彼女と距離を空ける。

「お前さ。俺でよかったの？」

この言葉を言うのはおかしな話だ。勝手に脅《おど》して無理矢理囲い込んだやつの言う言葉じゃない。

けれど、先ほどからの彼女のニュアンスは、まるで陸斗ではなくて成海でよかったと言っているようなのだ。

瑠香はその言葉に一瞬驚いたように目を見張りながら、ぷっと噴き出した。

「それは、私の台詞《せりふ》だよ。成海くんは私でよかったの？　私、わかってるよ。成海くんが私と婚約したかったのって、陸斗さんを見返したかったからでしょう？」

「は？」

「違うの？」

（んな風に思ってたのかよ）

どうりで気持ちが伝わってない気がするわけだ。

陸斗に対抗意識があるのは確かだ。けれど、瑠香を囲い込んだのは、彼女の見せたわずかな隙に変な活路を見いだしてしまったがためだ。

小さな隙をチャンスだと勘違いしてしまった。

自分でも兄から彼女を奪えるんじゃないかと思ってしまった。

「……そんなわけねぇだろ」

「へ？」

「んな理由で結婚相手決めるやつがどこにいるんだよ」

「じゃあ、なんで……」

「それぐらい自分で考えろ」

成海は瑠香をチラ見した後、ポケットに入っていた携帯灰皿に先ほどまで吸っていた煙草《たばこ》を押しつける。

「それいいの？　まだ吸えそうだよ」

「いいんだよ。禁煙するんだから」

「え？　禁煙するの？」

成海はいまだ少し咳き込んでいる瑠香の頭を撫でる。

そして、互いの瞳しか映らない距離まで顔を近付けた。

「しなきゃキスの一つもできねぇだろ」

「へ？」

「作業戻るぞ。間に合わないんだろ？」

ぽん、と頭を一押しして成海は先に部屋に戻った。

第三章　同棲生活

「今日は割と早く帰れると思う。予定外の会議が入ったらまた連絡する」

「うん！　気をつけて！」

「夕食は……」

「今日は早いんでしょ。待ってる！」

「ん。楽しみにしてる」

成海は柔らかく表情を崩すと、玄関扉に手をかけた。

「んじゃ、行ってくる」

「はい。行ってらっしゃい」

瑠香は出勤する成海の背中を見送る。そして扉が閉まった瞬間、ぽんっと小さな爆発を起こすように顔を赤らめた。この、まるで本当の婚約者のようなやり取りは、いまだに慣れない。

二人が同棲を始めてから三週間。成海は毎日ちゃんとマンションに帰ってくるようになっていた。それどころか、できるだけ毎晩一緒に食事ができる時間帯に帰ってこようとしてくれる。忙しい成海がその時間に帰れるのは彼がそう努めているからであって、それはすべて瑠香のためだと彼女自身もわかっていた。だからこそ、彼の気持ちがこそばゆくて、おもはゆい。

(成海くんはなにも言わないけど、私のことを好きでいてくれてるってことでいいんだよね!?)

『しなきゃキスの一つもできねぇだろ』

そう言って禁煙宣言した彼の真剣な瞳を思い出しながら、瑠香はにやける頬を押さえた。嬉しいか嬉しくないかで言ったら、結構、かなり、すこぶる嬉しい。カートンごと捨てられた煙草《たばこ》も、毎朝のやり取りも、夕食での談笑も、近付いてきた二人の距離も、たまに見せる照れるような彼の笑みも、なにもかも嬉しかった。

正直、瑠香は自分にこんな気持ちがあるだなんて、あの時まで知らなかった。初恋は過去のもので、自分はもうそれをとっくの昔に乗り越えていて、彼に向けているのは憧憬《しょうけい》のような気持ちだとばかり、そう思い込んでいたのだ。けれど蓋《ふた》を開けてみれば、その気持ちはまだ温かく、しっかりと脈打っていた。

(私もちゃんと言ったほうがいいのかな。『好きです』って。いやでも！　まだちゃんと好きだって言われたわけじゃないし！　もしかしたら私の気のせいって可能性も!!)

浮かれた気持ちを落ち着かせるために、わざと気落ちするようなことを考える。

（それに、いきなりすぎるよね。前は無視とかされてたし！　最近では週刊誌に女優の恋人がいるって書いてあったし！　それに、それに……）

考えているうちに、浮いていた気持ちは地に足をつけ、さらに地面にめり込んだ。

（やばい。ちょっと本気で落ち込んできた）

今度は涙目だ。しかし、すぐに今朝の彼の様子が脳裏に蘇《よみがえ》り、瑠香ははにかんだ。

最近の瑠香の気持ちはふわふわと落ち着きがない。彼のことで一喜一憂を繰り返し、そのたびに百面相をしている。しかし、そんな自分も嫌いではないのだ。

その時、机に置いていたスマホが鳴る。

表示されていたのは、瑠香の父親——勝信の番号だった。

◆◇◆

「瑠香様にはっきりと、ご自分の気持ちを伝えたほうがいいと思いますよ」

「見てきたように言うなよ。怖いから」

午後、子会社の視察に向かう車の中で、成海は槇野の言葉に頬を引きつらせた。手にはその子会社の資料が握られている。槇野は好々爺《こうこうや》らしく目尻に皺《しわ》を寄せながら、楽しそうに笑う。

「いやだって、成海様が自分の気持ちを素直におっしゃるわけないじゃないですか。ご兄弟の中で誰よりも奥手で唐変木《とうへんぼく》な成海様が、何もないのにご自分の気持ちをはっきりと告げられるなんて、天地がひっくり返ってもあり得ない事態ですよ」

「ホント、お前は俺に対して失礼だよな」

「私は誰に対しても基本こうですよ。ただ、成海様は突っ込みどころが多いので、そう見えてしまうだけです。悪しからず」

いつも通りの痛いところをつくような言葉だが、それが不思議と頭にこない。少し前ならば声を上げて反論をしていたところだが、そんな気分になれなかった。

それは、今の成海が公私ともに充実しているからだろうか。

「いいんだよ。それなりにうまくいってるから」

「と、いうことは、両想いにでもなられたんですか？」

「それは……どうだろうな」

あそこまで言ったのだ、気持ちは伝わったと思っている。瑠香の反応も悪くない。

それどころか、たまに見せる彼女のはにかんだ顔は、気持ちがこちらに向いているように見えなくもない。

(キスするって言った時も嫌そうな顔はしてなかったしな)

それに、成海がごみ箱に捨てた未開封の煙草《たばこ》を見て彼女は頬を染めていた。なんとなくわかる。

アレは多分、いい感じの反応だ。

「なぁ、煙草《たばこ》の臭いっていつになったら消えるか知ってるか？」

「身体に付いた臭いってことですか？　そういえば禁煙されてましたね。存じ上げませんが、一か月もすれば消えるのではないですか？」

「一か月か。長いな」

一か月の禁煙はどうってことない。元々そんなに吸わなかったのだ。やめろと言われればいつでもやめられる。それよりもこうして同棲している状態で、彼女を一か月我慢するほうが耐えがたかった。

（なんだか、お預けを食らってる犬みたいだな）

禁煙を始めてから二週間も経っていないので、残りは三週間以上だ。頑張ろうとは思っているが、ちょっと耐えられる自信がない。つまみ食い程度なら、許されるだろうか。しかし、それはそれでつまみ食いで終わらせる自信がない。

思い悩む成海の顔をバックミラー越しに見て、槙野はほくほくとした笑みを浮かべた。

「瑠香様のことを想って禁煙までされるなんて、槙野は嬉しゅうございます」

「……お前、実は心が読めるんじゃないのか？」

「成海様がわかりやすすぎるだけですよ」

楽しそうな笑みを浮かべたまま、彼は続けた。

「でもまぁ。どういう状況であろうと、私は気持ちを伝えておくに越したことはないと思いますよ。気持ちの行き違いで別れることになるなんて、目も当てられませんからね」

「考えておく」

槇野の言葉にも一理ある。成海はそう答えると、窓の外に視線を移した。すると、ちょうど視線の先に見慣れた姿が映る。赤信号で車が停まっているからか、その姿はしっかりと視認できた。

（瑠香？）

再会した時と同じような着物姿で、彼女はカフェにいた。誰かと談笑を楽しんでいるようだ。相手は誰なのか木に隠れて見えない。

（友達と茶でも飲みに来たのか？）

それにしてもやけに楽しそうだ。

信号が青に変わり、車が走り出す。すると、ちょうど視界を遮《さえぎ》っていた木の陰から相手の姿が見えた。

「は？」

成海は驚愕《きょうがく》に目を見開く。瑠香が楽しそうに話していた相手は、彼女の元婚約者であり、成海の兄である陸斗だった。

◆　◇　◆

数日後。瑠香は目の前の人物に深々と頭を下げていた。

「本当にごめんなさい！」

「別に、瑠香さんのせいではないですし」

眉根を寄せながらも柔和な表情でそう答えるのは、神宮寺陸斗。優しい彼の言葉に胸を撫で下ろしつつも、瑠香は申し訳なさで胸がいっぱいになっていた。

成海と婚約してから陸斗に会うのは、実は今日で三回目なのだ。始まりは勝信からかかってきた一本の電話だった。その内容は『最近、陸斗さんと仕事をしているんだが、婚約のことで陸斗さんがお前に会いたいと言ってる。今すぐ来てくれ』というものだった。なにを言われるのかと瑠香は急いで支度し駆けつける。しかし駆けつけた先で、勝信は『娘がどうしても陸斗さんに会いたいと言うもので』と瑠香を呼び出した理由を陸斗にそう説明していたのだ。

そこで瑠香は騙《だま》されていたことを知る。

勝信はまだ、陸斗と瑠香の婚約を諦《あきら》めていなかったのである。

それから手を替え品を替え、父に呼び出されること三回。ちなみに今日は『母さんが倒れたから病院近くのカフェに来てほしい。倒れたと言っても、重病ではないからきちんと支度して、服は絶対着物で来なさい』という嘘だった。怪しみながら行ってみれば、案の定陸斗がおり、彼も瑠香を見て状況を察したようだった。

そして今、呼び出した父は書類を取りに行くとかなんとか言って席を外している。二人っきりにする算段だろう。

（お父様、いつになったら諦《あきら》めてくださるんだろ。二人っきりにしてもなにも起こらないのに……）

瑠香の父、勝信が陸斗にこだわるのには理由があった。最初、勝信は二人の婚約にここまで乗り気ではなかった。瑠香の結婚は神宮寺家との関係強化の一環であり、相手が陸斗だろうが、成海だろうが、大空だろうが、大差なかったからだ。そんな勝信の気持ちが変わったのは、陸斗が独立し、被服関係の仕事を始めてから。

実は、諸井家は元々嫡子《ちゃくし》がおらず困っていた。どこからか養子をもらおうという話にまでなっていたそんな時に、陸斗が神宮寺家を出て独立するという話を聞いたのだ。しかも、跡は弟の成海が継ぐらしい、とも。

これを聞いて勝信は歓喜した。神宮寺家の嫡子《ちゃくし》ならば無理だろうが、家から出て行った陸斗ならば瑠香の婿に迎えられるかもしれない、そう考えたのだ。しかも、諸井家は大昔から呉服商を営んでおり、今でも老舗《しにせ》の呉服屋として名を馳せている。和服と洋服の差はあれど、企業同士の相性もいいはずだ。陸斗の会社もみるみる業績を伸ばしていると聞く。だから勝信はこれを千載一遇《せんざいいちぐう》のチャンスと考えていた。

しかし、事はうまく運ばない。陸斗が婚約破棄を申し出てきたのだ。しかも、宏司もそれを認める方針だと。さらには、成海と瑠香が実は付き合っていて、婚約を認めてほしいと言いだしたものだから大慌て。

つまり、これはすなわち勝信最後の悪足掻《わるあが》きなのだ。そして、それを陸斗も瑠香もわかっている。

「成海とはうまくいってる？」

とうとう話題も尽きた頃、陸斗にそう聞かれた。こうして会うのは三回目だが、成海の話題が出たのは初めてである。

「へ？」

「先日、婚約したって聞いたから」

「あ、はい。なんとか……順調です？」

最後が疑問形になったのは、ここ最近の成海の様子が少しおかしかったからだ。妙にそわそわしたり、イライラしたり、家に帰って来るなり『今日はどこか出かけたか？』と執拗《しつよう》に聞いてくるようにもなった。それは勝信に呼び出され陸斗に会っていた日も同じで、瑠香は彼に心配をかけないように『どこにも出かけてないよ』と返しているのだが、それにも彼はどこか不満そうな表情を浮かべていた。

陸斗は瑠香に頭を下げた。

「婚約破棄を申し出た俺が言うのもどうかしてると思うけど、成海をよろしくお願いします」

「あの、えっと。……はい！」

思わぬ行動に声が大きくなる。そんな瑠香の声に、周りの客は一瞬だけ二人を見て、またすぐ視線を戻した。瑠香は恥《は》ずかしさに視線を下げ、陸斗はそんな彼女を見ながら肩を震わせる。

「瑠香さんは変わらないね」

「……ごめんなさい」

「本当は成海にも直接会って、お祝いの一つも言いたいところなんだけど」

陸斗の声は少しだけ低くなる。

「会わないんですか？」

「成海には、本当は俺が背負わないといけなかったものを全部背負わせちゃってるからね。ちょっと負い目があるかな」

「そ、そんな風に思わなくても！　成海くん仕事好きそうですし、その辺りは気にしてないと思います!!」

「でもまぁ、あまり好かれていないのは事実だから」

「そんな！」

成海は陸斗に対して対抗意識がある。けれど嫌っているわけではないのだ。それは成海とよく話すようになってわかったことである。彼はよく会話の中で『兄貴だったら』とか『兄貴なら』という言葉を頻繁《ひんぱん》に使うのだ。それは別に自分を卑下《ひげ》しているわけではなくて、『こういう考え方もある』『こうしたらもっとよくなるかもしれない』という意味で使うことが多い。言葉では言わないが、いまだに成海は陸斗を尊敬しているのだ。

「ま、折を見て電話でもしてみるよ。それに、二人にも俺たちの結婚式に来てもらいたいし」

「結婚！　されるんですか？」

思わぬ言葉に目を見開いた。

「俺はしたいと思ってるけど、プロポーズの返事次第かな」

「絶対、いい返事もらえますよ！」

「だといいけど」

そう言いながらも陸斗は笑う。彼らしからぬのろけが聞けたところで、勝信がカフェに戻ってきて、その日はお開きとなった。

「今日はどこか出かけたか？」

『ただいま』の次の成海の言葉がそれだった。瑠香は帰宅した彼を迎え入れながら首をひねる。

(最近これぱっかりだな。もしかして、なにか探られてる？)

「おい」

「え？　あ、今日？　どこにも行ってないよ！　家にこもって一日中原稿描いてた！」

いつも通りの答えを返すと、彼は眉をひそめた。陸斗と会っていたことを言っても不安にさせてしまうだけかもしれない。瑠香の答えはそんな配慮からくるものだった。

成海は「そ」と素っ気ない返事をし、スーツから部屋着に着替えるため、自室に向かった。寝室は当然ながら別々だ。

その間に瑠香は食事の準備をする。

今日の夕食はボロネーゼとカッペリーニのイタリアンオムレツ、温野菜のサラダにブルスケッタである。ブルスケッタに使ったパンは陸斗と会ったカフェで購入したものだ。こう見えて家事全般は得意中の得意なのだ。

瑠香はテーブルに料理を並べながら考える。

(もしかして、陸斗さんと会ってたことバレてる？)

別にやましいことはなにもないが、黙っていたとなれば印象は悪い。しかし——

(でも、そんなわけないいか。陸斗さんと会ってた時間帯、成海くんは仕事だっただろうし)

瑠香はそう結論付けた。そして、それに引っ張られるように昼間の会話を思い出す。

(それにしても、陸斗さん結婚かぁ。結婚式、楽しみだなぁ)

陸斗は『プロポーズの返事次第』などと言っていたが、勝算があるのは間違いないだろう。もしかすると、もう二人の間ではある程度話が進んでいて、プロポーズも互いの意志の確認という意味が強いのかもしれない。

(私は『新郎の友人』として呼ばれるのかな。それとも、『弟の婚約者』で呼ばれるのかな)

今日の会話のニュアンスだと完全に後者だが、まだ結納等も済ませていない口約束止まりの婚約者が、結婚式に呼ばれるべき『弟の婚約者』になり得るかどうかはちょっとわからないところだ。公式発表も結納を済ませてからなので、兄の結婚式でお披露目というのは、主役の二人の邪魔をしてしまうようで乗り気にはなれなかった。

そんなことを考えていると、着替えた成海がリビングにやってくる。彼はすぐさま食事の準備を手伝ってくれる。

「ごめんね。ありがとう」

「自分も食べるんだから、準備ぐらいは当たり前だろ。作るのは任せてるんだし」

言い方はぶっきらぼうだが、優しさは伝わってくる。こういう優しさに触れるたび、瑠香はまた一つ彼を好きになるのだ。

(結婚したら、毎日こんな感じなのかな)

想像するだけで胸が温かくなる。しかしその時――

『本当は成海にも直接会って、お祝いの一つも言いたいところなんだけど』

不意に陸斗の言葉が蘇《よみがえ》った。

(やっぱり、このままじゃだめだよね……)

陸斗の結婚も心の底から祝いたいし、自分たちの結婚も陸斗に心の底から祝ってほしい。しかし、それはこのままの関係ではだめなのだ。

成海も陸斗のことを嫌っているわけではない。陸斗も成海に会いたいと言っていた。

(私がなにかできないかな)

できれば二人の架け橋に……なんて、そんな大それたことは考えていなかったけれど、少しでもきっかけになればいい。そんな思いで、瑠香は口を開いた。

「あのさ、成海くん」

「ん?」

「陸斗さんとはもう会ったりしないの?」

瑠香的には軽いジャブを打ったつもりだった。しかし、成海はその言葉を聞き、目を見開いた。そして、一瞬で不機嫌になる。

「なんで?」

地を這うような低い声に、背筋が凍った。

「えっと。なんとなく、かな。私たちの婚約のこともあるし、そろそろ直接会って話をしたらどうかなぁって……」

そう言いながら、瑠香はこの話題を出したことを後悔していた。さっきから成海の目が怖いのだ。今まで見てきたどの彼よりも怖い。

「会わなくてもいいだろ」

「えっと、でも……」

「会う理由があるなら会うけど、そんな理由もないからな。婚約のことはもう誰かから伝わってるだろうし」

「でも、直接――」

『言ったほうがいいんじゃない？』

そう続くはずだった言葉は、すべて成海に呑み込まれた。

（え？）

気がつけば唇同士が重なっていた。軽いキスだが何度も角度を変えられ、繰り返し落とされていく。初めての出来事に、瑠香はなにがどうなっているのかわからなかった。混乱していたのだ。

正気に戻ったのは五度ほど唇を食まれた後で、彼女は真っ赤になりながら、彼の胸板を強く押した。

「やっ！」

成海はさほど抵抗することもなく、彼女との距離を空ける。

瑠香は湿った感覚が残る唇を指でなぞった。

「なんで……」

「そっちこそ、なんでいきなり兄貴に会わせたがるんだ。なに考えてんだよ」

成海は声を荒らげるわけでも、睨《にら》み付けてくるわけでもない。でも彼はなぜか怒っていた。肌にピリピリとした気配が伝わってくる。

「お前の口から兄貴のことなんか聞きたくない」

成海は先ほど広がった瑠香との距離を詰める。そして、壁と自分との間に瑠香を収めると、もう一度唇を落としてきた。

「うぁ……んっ――」

今度のキスは深かった。嫌がる唇を無理矢理舌でこじ開けて、彼は口腔内《こうこうない》に侵入してくる。そして、吐息さえも逃がさないように深く咥《くわ》え込んだ舌が絡まる。そうして少しだけ誘い出した瑠香の舌を彼は吸い上げた。

「ぁんっ！」

頭がクラクラする。心臓が早鐘を打ち、焦燥《しょうそう》のような感情が身体中を駆け巡る。

「瑠香、好きだ」

耳元で囁《ささや》かれた声に、背筋がゾクゾクした。嬉しいはずなのに、彼の声色が恐ろしいままなので素直に喜べない。好きだという気持ちの奥に、ほの暗いものを感じた。

(成海くん、なんか怒ってる？　私、何かしちゃった？)

熱い息を吐きながら、瑠香は思考を巡らせる。すると、耳元の声はますます険《けん》を帯《お》びた。

「こんな時に、なに考えてるんだよ」

「え？」

「今ぐらいはちゃんと俺のことだけ考えてろよ。それともあれか？　考えられなくしてやったほうがいいのか？」

彼はそのまま耳を食み、耳たぶに舌を這わせる。

「やっ、なる、み、くん。耳は――」

くちゅくちゅといやらしい音がダイレクトに伝わってきて、頭が沸騰《ふっとう》した。彼の宣言通り、段々なにも考えられなくなっていく。耳の裏を丁寧に舐められ、首筋に唇が這った。その後、ねっとりと丹念に鎖骨《さこつ》の部分を舐められる。

「ひんっ！　ひぅっ！」

彼のシャツを掴んで、こみ上げてきたものを押し殺す。下唇を噛み耐えていると、無理矢理彼の親指がねじり込んできた。

「んぅっ」

「唇噛むなよ。血出るぞ」

その言葉は優しいのに、声はこれでもかというぐらい冷え切っている。身体の奥底からあふれ出ようとする興奮と、いつもと違う彼への恐怖から背筋が粟立《あわだ》った。悲しくないのに涙が浮かぶ。

「声はいくら出してもいい。俺しか聞いてないんだから恥《は》ずかしがるなよ」

「はふみくん……」

口に指を入れられた状態なので、うまく発音できない。嚥下《えんげ》することも難しい状況なので、彼の親指から腕の中程《なかほど》まで瑠香の唾液が伝ってしまう。それが恥《は》ずかしいやら、なまめかしいやらで、見ていられない。

これはどういう状況なのだろうか。自分は今から彼になにをされるのだろうか。いいや、本当はわかっている。彼は今自分を抱こうとしているのだ。なにも知らないこの身体に、はじめてを刻み付けようとしているのだ。

成海は瑠香のシャツをたくし上げ、ブラジャーを上にずらす。すると、ブラジャーの下から二つの果実が跳ねるように出てきた。彼はその片方を手で、もう片方を口で愛撫しだす。吸って、舐めて、歯を立てて。弾《はじ》いて、捏《こ》ねて、押し潰された。

「はぁっ、ぁんんっ！」

あられもない声が出る。指はいつの間にか取り払われていたけれど、一度堰《せき》を切った喘《あえ》ぎ声はなかなか止まらない。

「んあぁ、やぁっ！　ちょっ――」

体温が高くなり、息が荒くなる。じゅっ、と先端を強く吸われ、瑠香は身体をのけぞらせた。

「ぁぁんんっ！」

どうなっているのかと胸元に視線を落とせば、成海と目が合った。じっと観察するように見上げる彼の瞳は、獲物を仕留めんとする獣のそれだ。

(私の胸、食べられてる)

彼はじっと瑠香を見つめながら、獣よろしく胸の先端の赤い実に歯を立てた。そのまま吸い上げながら引っ張る。もう片方の胸の実も親指と人差し指の腹でぐりっと潰される。

「ゃぁあんっ!!」

受けたことがない刺激に、瑠香は白い喉を晒《さら》す。成海はそこに容赦《ようしゃ》なく噛みついた。

「――ぃぁっ!」

歯形が残るほど噛まれて、瑠香は成海のシャツをぎゅっと引き寄せた。痛い。痛いはずなのに……

(もっと――)

そう考えてしまうのはなぜなのだろうか。頭がクラクラして、思考が麻痺《まひ》する。それが快楽だと脳が認識するより先に、身体が反応した。

(え?)

下腹部から何かが、じんわりと染み出てくる。

腰を動かすと、ショーツと肌の間で何かが、ねちょ……と音を立てた。

瞬間、瑠香は激しい羞恥《しゅうち》に襲われた。男性経験がない瑠香だって、この液体のことは知っている。男性をより受け入れやすくするために、女性の身体が出す粘液。つまり、瑠香の身体は成海を受け入れる準備を始めているのだ。

(やだ! これ……!!)

こんな自分知らない。こんな快楽知らない。

成海への恐怖に加え、未知の領域に踏む込むことへの恐怖が身体中を駆け巡る。

（こわいこわいこわいこわい!!）

「やだっ!!」

瑠香は咄嗟《とっさ》に成海を押し返した。しかし、いくら力を入れても彼の身体はまったくびくともしない。むしろ、彼女が抵抗する以上の力で彼女を壁に押しつけてきた。

「……離すわけねぇだろ」

これが男性と女性の力の差なのだろうか。身体がまた震える。成海は唸《うな》り声を上げた。

「いいから黙って抱かれてろ。俺だって無理矢理したいわけじゃないんだよ」

そう吐き捨てた後、彼はまた唇を奪ってきた。当てられた唇は柔らかいが、その所作は荒々しい。まるで本当に食べられてるみたいだ。

そのまま胸に手が伸びる。瑠香のそれなりに大きな胸を成海はわし掴みにした。

「――っ！」

痛みに眉根を寄せる。そのまま荒々しく揉みしだかれていくうちに、痛みは徐々に快楽へと変わっていく。

（なんで、成海くんは怒ってるんだろ）

ここで彼に抱かれるのも、未知の体験をするのも、あられもない自分になるのも、どれも怖い。けれど、瑠香が一番怖いのは怒っている成海そのものだった。

（成海くんに事情をわかってもらわないと）

瑠香だって、自分の発した『陸斗』という言葉がなにかの引き金を引いたのはわかっていた。ただ自分にも理由があったのだと、それだけ伝えたかった。

瑠香の唇を堪能した唇が離れていく。瑠香は荒い息を整える前に声を上げた。

「成海くん、あのね！」

「いいから黙ってろって」

「でも！」

「今は聞きたくない」

拒絶を示す彼に、生理的な涙とは別の涙があふれてくる。彼にこんな風に拒絶されたことなど今までなかった。寂しいし、悲しいし、怖い。

「わ、私はただ、陸斗さんと――」

成海くんが仲よくなれればと思って……そう続けるはずだったのに、嗚咽《おえつ》がせり上がってなかなか声が出てこない。とうとうこらえきれずに涙を流せば、彼ははっとしたように固まって、身を引いてくれた。

支えを失った瑠香は、その場にしゃがみ込んでしまう。

「泣くほど嫌なのかよ」

「ちが――」

「……悪かった」

彼は側に寄って、はだけた服を整えてくれる。

「もうしないから」

先ほどとは打って変わったような優しい声に、瑠香は顔を上げた。そこには傷付いたような表情を浮かべる成海がいる。

「ちょっと頭冷やしてくる。鍵、ちゃんと締めとけよ」

「あ……」

瑠香が止める間もなく成海は部屋を後にし、その日はもう戻ってくることはなかった。

◆◇◆

「ほんと格好悪いな……」

成海はマンション近くの公園に来ていた。時刻はもう二十時を回っているので人はおらず、街灯もついていない。ベンチに座りため息をつけば、先ほどの出来事が頭を掠め、成海は苦々しい表情になった。

『わ、私はただ、陸斗さんと――』

涙を流しながらそういう瑠香に、心臓が抉《えぐ》られた。

彼女はあの後なんと言いたかったのだろうか。「一緒にいたいだけなのに」だろうか。それとも「結婚したかっただけなのに」という感じだろうか。

どちらにしても失恋は確定で、成海の二度目の初恋はあっけなく散ってしまった。しかも、幕切れは前回よりもたちが悪い。

「なーんで、なにもかも勝てねぇかな」

別にすべてにおいて陸斗に勝ちたいとは思っていない。けれど、瑠香のことだけは譲れなかった。譲りたくもなかった。彼女だけ側にいてくれたらもう他はどうでもよかったのに、やっぱり彼女は陸斗を選んだ。

「ま、誰が見ても兄貴のほうがいいか」

成海は自嘲《じちょう》気味に笑う。乱暴な自分と清廉潔白《せいれんけっぱく》な王子様のような陸斗。誰だって選ぶなら後者だろう。だから、瑠香を責める気はないし、当然の選択だと思っている。もしかして……という淡い期待がなかったと言ったら嘘になるが、それでも心の中にはいつだってこの危険性を抱えていた。

『陸斗さんとはもう会ったりしないの？』

蘇《よみがえ》ってきた声に胸が苦しくなる。彼女は陸斗と成海を会わせてなにがしたかったのだろうか。

（もしかしたら二人で俺に直談判《じかだんぱん》とか？　だとしたら、洒落《しゃれ》になんねぇな）

『私たち二人のために婚約破棄してほしい』

とかだったら本当に笑えない。

「浮かれてたんだな」

少し前まで、両想いだと思っていた。少なくとも瑠香は成海のことを憎からず想っていると思っていた。

切ない思いがこみ上げて、虚しさに変わる。自分は一体なにをしていたんだろうか。結局あの二人がくっつくのなら、自分は本当にいらない存在だった。当て馬と呼ぶにも出来が悪い。

陸斗と瑠香は両想いなのだろうか。少なくとも彼女の気持ちは決まっていそうだが、陸斗の気持ちまではわからない。

「往生際《おうじょうぎわ》が悪いな」

二人が両想いでないのなら自分が彼女を離す必要はない。

その結論に達した自分を、成海は心の中でそう卑下《ひげ》した。

第四章　煙草《たばこ》の香りのキス

『悪い。今日は遅くなるから会社に泊まるわ』

そのメッセージが来たのは、お昼頃だった。

瑠香は原稿を進めていた手を止め、スマホを見る。そこには同じようなメッセージの履歴が並んでいた。

『今日は遅くなりそうだからホテルに泊まる』

『出張で前乗りするから今日は帰れない』

『新しいプロジェクトが始まって忙しいから、三日ぐらい近くのビジネスホテルに泊まることにした』

そのメッセージには、決まって最後に『鍵はちゃんと締めて寝ろよ。おつかれ』と書き添えられている。彼の優しさだ。

あれから二週間が経った。傍《はた》から見れば二人ともいつも通りの日常を過ごしているが、その裏で瑠香は成海から避けられていた。家に帰ってくることはあまりなくなり、帰ってきてもひどく遅い時間帯。そして、朝顔を合わせても、彼は前以上に素っ気ない態度しか取らないのだ。

今朝なんか、わざわざ瑠香が起きる前に出勤していった。いつもならそんなに早く出なくてもいいはずなのに、あからさまに避けられている。

(成海くんとちゃんと話したいな)

彼とちゃんと話し合いたい。陸斗のことだって謝りたいと思っている。会ってほしいと言うだけで、彼があんなに怒るとは思わなかったのだ。踏み込み方を間違えた。あれは完全に瑠香が悪い。

それに、身体に触れられたことだって、成海は瑠香が嫌がって涙を流したと思っているのかもしれないが、行為自体が嫌で泣いたわけでは決してない。瑠香は成海とそうなりたいと思っているし、胸を揉まれたりキスをされたりしたのだって、決して嫌ではなかった。むしろ気持ちよかったぐらいだ。

(でもこのままじゃ……)

それらを伝えることもできない。

瑠香はスマホに指を滑らせた。

『お疲れ様。お仕事、頑張ってね』

最初はいつも通りに返す。そして、少し考えた後こう付け足した。

『ちょっと話し合いたいことがあるから、明日は早く帰れないかな？　もし、遅いようなら寝ずに待ってます』

しばらくして『既読』の文字が付く。数分の沈黙後、彼は『わかった』とだけ返してきた。

◆◇◆

（『話し合いたいこと』か……）

成海はスマホの画面を落とし、胸の内ポケットにそれを入れた。気分はどこまでも底で凪《な》いでいる。どういう話なのかはわからないが、期待だけはできない。

彼は会社の廊下を歩く。踵《かかと》が床を蹴るカツカツとした音も、頬を撫でる生暖かい風も、昼休みの緩んだ空気感も何もかもが気に入らなかった。すべてにイライラする。

「あ、成海ＣＯＯ！　おめでとうございます！」

その時、背後から変な呼び止められ方をした。振り返ると、多摩川《たまがわ》専務がそこにいる。四十代なかばの彼は恰幅《かっぷく》のいいおなかを揺らしながら近付いてきた。

「専務。なんの話ですか？」

『こんにちは』や『お久しぶりです』ならわからなくもないが、『おめでとうございます』という挨拶はなんともよくわからない。

多摩川は温和そうな顔をさらに柔和に歪めた。

「聞きましたよ！　陸斗さん結婚されるんですってね」

「は？」

「しかも、相手はあの諸井家のご令嬢！」

成海は驚きで目を見開いた。

「その話、誰から聞いたんですか？」

「誰からってわけじゃないですが、みんな噂してますよ。なんでこんないい話を教えてくれなかったんですか！　ＣＯＯってば水くさいですねー」

本気で喜んでいるだろう彼は、バシバシと成海の肩を叩く。温和で人好きそうな彼は、こういう幸せな話題が大好きなのだ。

そんな多摩川と対極の表情をしていたのは成海だった。

彼の頭の中には先ほどのメッセージの内容がちらついている。

『ちょっと話し合いたいことがあるから、明日は早く帰れないかな？』

(あぁ、そういうことか)

別に何もおかしくないのに、口元には笑みが浮かんだ。自分でも、その表情の意味がよくわからない。ただ、呼吸をするのも億劫《おっくう》になるほど気分が沈んでいた。

「いやぁ。めでたいことを聞くと気分がいいですね！　ＣＯＯもそろそろお相手をお決めになったらいかがですか？　相当おモテになるんですからー」

「……そうですね。考えておきます」

悪気がないことはわかっている。だから、無理をしていつも通りに振る舞った。

多摩川はさらに続けた。

「いやぁでも、COOのお相手となるとハードルが高いですよね！　JINGUの次期CEOであり、モデルSORAの兄。さらには、あの陸斗さんの弟さんなんですから！　お嫁にくる方は相当の覚悟が必要ですよ！」

カラカラと笑う多摩川に成海は無言のまま笑みを作る。

『JINGUの次期CEO』も、『モデルSORAの兄』も、『陸斗の弟』も成海自身を指す言葉ではない。

「おっと、もうこんな時間ですね！　昼休み中に失礼しました。今回は本当におめでとうございます！」

最後まで人のいい笑みを浮かべたまま、彼は廊下を戻っていく。そんな彼を見送りながら、成海は「潮時《しおどき》かな」と呟いていた。

◆　◇　◆

約束の日の深夜二時。瑠香は目をバッキバキにさせながら、リビングで成海の帰りを待っていた。

(絶対に寝ない！)

身体はもう正直ふらふらだが、珈琲《コーヒー》と栄養ドリンクでなんとか正気を保っていた。以前、合作本を作る時に無茶をした方法である。

ソファーは眠気を誘うので、瑠香は床に座布団を敷いて成海の帰りを待つ。床暖房がついているので冷たくはないが、その分、暖かさが眠気を誘った。

（少しでも気を抜くと寝ちゃい……そ……）

言ってるそばから身体が船をこぎ始める。瑠香ははっと跳ね起き、背筋を伸ばした。

（だめだめ！　寝ちゃだめなんだから！）

原稿を描いている時は頭が覚醒《かくせい》していて眠気もあまりやってこないのだが、こうして何もしていないとなると時間の進み方が異常に遅く感じられて、その分、眠気も這い寄ってくる。だからといって、原稿描きをするほど心に余裕なんてありはしない。今日はとことん話し合うと決めているのだ。二人の将来についても、少しは話を進めておきたいという気持ちもある。

（今日はなんとしても話し合いをするんだ！　このままじゃ、本当にだめになる、き、が……）

瑠香は床に両手をつく。もう限界だ。実は昨晩も今日のことを考え、緊張深く眠れなかったのだ。瞼《まぶた》が落ちる。そのまま瞳を閉じれば、意識は深い闇の中に落ちていった。


どれだけ眠ったのだろうか。気がつけば、朝日が昇っていた。まだ外がほんのり暗いところを見ると、早朝だろう。

瑠香はなぜかソファーで眠っていた。身体を起こすと、かかっていた毛布が床に落ちる。

（毛布なんて、誰が……）

まどろむ頭で一瞬考えたが、答えは一人しかいなかった。

「え⁉　成海くん⁉」

頭が一気に覚醒《かくせい》する。辺りを見渡せば、ちょうど彼がベランダから戻ってくるところだった。成海は瑠香を見て一瞬驚いた表情を浮かべ、そして優しく笑った。

「床で寝るなんて、なにしてんだよ」

前と変わらない優しい声色にほっとする。瑠香は立ち上がり、駆け足で彼に近付いた。

「成海くん、ごめん！　私、寝ちゃってて！　会社に行くまでちょっとしか時間ないかもしれないんだけど、今日は少しだけでもいいから話を聞いてほしくて‼」

「今日は有給取ったから焦らなくても大丈夫だ。その分、昨日はホント忙しかったけどな」

昨晩やけに帰りが遅かったのは、どうやらそういう理由があったらしい。成海は申し訳なさげな顔で瑠香の額《ひたい》を撫でる。

「お前も待たせたよな。悪い。まさか本当に待っててくれてるとは思わなくて、連絡入れてなかった」

「ううん！　大丈夫！　でも、なんで今日は休みに？」

流れからいって、話をするために時間を取ってくれたと考えるのが普通だが、瑠香との話し合いのためだけに、彼が丸々一日時間を取るとはちょっと思えない。なにせ、彼は忙しいのだ。瑠香の一時間と彼の一時間では、まったくもって価値が違う。

「ま。今日一日ぐらいは自棄《やけ》になってもいいかなって思ってな」

「自棄《やけ》？」

「っても、ふて寝するか、ジム行くかぐらいしか思い付かないんだけど」

成海は苦笑した。その顔がなんだか無理をしているように見えて心配になる。こういう顔をする時の彼は、決まって何かを抱え込んでいるのだ。その辺りは幼い頃から全然変わっていない。

(何かあったのかな？)

瑠香は彼の顔色を窺うため身を寄せた。すると、彼のほうからふわりと何かが香ってくる。

(え？)

その匂いに目を瞬かせる。瑠香はその匂いが何か、すぐさまわかった。そして、先ほど彼がベランダにいた理由にも思い至る。

「成海くん。もしかして、禁煙やめたの？」

「ん、あぁ」

気まずそうに彼は肯定を示す。

「なんで……」

「……必要がなくなったから、かな」

「え？」

(必要がなくなったから？)

勘違いでなければ、彼が禁煙していた理由は瑠香と一緒に過ごすためだ。もっと具体的な言葉を使えば、彼は『禁煙しないと、キスができない』とまで言っていた。

つまり、禁煙する必要がなくなったということは、彼は瑠香にキスをする必要がなくなったということで……

（それは、どういう……）

頭が混乱してうまく言葉を呑み込めない。ただ、嫌な予感を覚えて身体は芯から冷えていく。

成海は少し間《ま》を置いて、ふたたび口を開いた。

「瑠香、婚約を破棄しよう」

「へ？」

「同棲も今日で終わり」

軽い感じでそう言われて、瑠香の目の前は真っ暗になった。なんで彼はそんなことを言うのだろう。しかも、心底どうでもよさげに。

「もちろん、勝信さんに瑠香の趣味のことを言うつもりはない。その辺は安心してくれていい」

大好きな人から婚約を破棄されて、なにを安心すればいいのだろうか。いつの間にか噛んでいた下唇から血の味がする。

もしかしてセックスを拒否したから、こんなことを言われるのだろうか。それとも、誰か他にいい人でも見つかったのだろうか。ただ飽きただけという可能性だって捨てきれない。

『好きだ』と熱く囁《ささや》いてくれた唇で、彼は冷たく別れの言葉を口にする。

「俺は今日から前のマンションに戻るから、瑠香は適当にしていい。このまましばらくここに住んでもいいし、実家に戻るのでもいい。兄貴がいいって言うんなら、アイツのマンションに行くのでも……」

「なんでそこで、陸斗さんが出てくるの！」

必死に吐き出した声は涙に濡れていた。鼻の奥が痛い。熱くなった頬を涙が滑った。次々とあふれる涙を瑠香は服の袖《そで》で拭う。顔を覆って肩を震わせると、目の前の成海があからさまに動揺した。

「なんで……」

「なんではこっちの台詞《せりふ》だよ！　私、何かしちゃった⁉　なんで、なんでそんなこと――」

いっぱい話したいことがあったのだ。まずはちゃんと自分の気持ちを伝えて、その上で怒らせてしまったことを謝って、最後にちょっとだけ結婚のことも話し合いたかった。何度も頭の中でシミュレーションして、緊張も羞恥《しゅうち》も全部呑み込んで、今日瑠香は二人の仲を一歩進める気でいたのだ。

（だけど、全部無駄だった）

成海が離れた距離の分だけ、自分から近付いて行くつもりだったのに、もうお前はいらないといきなり関係を絶たれて、腹が立たないわけがない。悲しくないわけがない。

「成海くんはいつも勝手すぎるよ！」

「勝手？」

「乱暴なのにお節介だし！　意地悪なのに優しいし！　いつもいきなり距離空けようとするし！　急にエッチなことしてくるし！　私のこと好きだって言ったのに！　嬉しかったのに！　一か月も経たずに心変わりしちゃうし‼」

まくし立てるように瑠香は声を上げる。そして、また頬に涙を滑らせた。フローリングの床に涙がポタポタと音を立てて落ちる。瑠香は耐えきれずに顔を覆った。

「もしかして、全部嘘だったたってことなの？　だったらなんでそんな嘘つくの……」

「嘘なわけないだろ！」

「じゃあ！」

「お前、兄貴と結婚するんだろうが！」

「え？　なにそれ？　…………しないけど」

その瞬間、時間が止まった。二人は目を見合わせたまま、じっと固まってしまっている。

たっぷり三分は固まったところで、成海は狼狽《うろた》えだす。

「は？　いや、だって……」

「なんでそんな話になってるの!?」

「いや。お前、俺に隠れて兄貴と二人で会ってただろ。それに、噂が……」

「噂？」

「兄貴とお前が結婚するって噂が流れてて。ちょうどタイミングよくお前から『話がある』なんて言われたから、てっきり本当なんだと……」

成海の狼狽《うろた》えように、瑠香の涙もいつの間にか引っ込んでいる。

「えっと、宏司さんには確かめなかったの？」

「親父は来週まで海外」

「陸斗さんには……」

「それこそ聞けるわけないだろ」

成海は目尻を赤く染めながら視線を逸らした。

「好きな女を目の前でかっさらわれて、普通に兄弟関係続けられるほど、俺はできた人間じゃねぇよ」

「好きな？」

「当たり前だろうが！　……何年好きだと思ってんだよ」

胸がじわじわと温かくなる。好きだと、彼がそう言ってくれたことに喜びしかない。先ほどまでの悲しみなんてもう一片も思い出せない。

「あ、あのね。成海くん！　私もね!!」

シャツを掴んでそう声を上げた瞬間、彼のポケットから電子音が鳴り響いた。着信音だ。成海は億劫《おっくう》そうにスマホを取り出すと、そこに表示されていた名前に「は？」と間抜けな声を出した。

『陸斗』

「なんで……？」

出なかったためか電話はいったん切れる。そして、また着信を知らせる電子音が鳴り響いた。その表示画面にも『陸斗』の文字。

成海は電話に出る。すると、いきなり怒号が飛んできた。隣にいる瑠香のところまで、はっきりと声が聞こえてくる。

『お前、ホントいい加減にしろ!!』

「は？」

『なんなんだあの噂は！　なんで俺と瑠香さんが結婚するって話になってるんだ！　お前がちゃんと彼女を捕まえておかないから変な噂が飛び交うんだぞ!!』

電話口の彼は相当怒っているようだった。いつもは冷静沈着な彼がここまで怒るというのは相当に珍しい。

九年前の独立の時だって、こんなに声は荒らげなかった。

瑠香としては、こんな陸斗は『はじめまして』である。

「ちょっと待て！　なんで俺が怒られるんだよ！　しかもなんでお前に――」

『美兎を傷付けた』

「は？」

『その噂を聞いて美兎がショックを受けていたんだ。自分の恋人を傷付けられて、冷静でいれるやつがいるわけないだろうが』

呆ける二人を置いて、電話口の陸斗は成海にまくし立てる。

『噂を流したのは十中八九勝信さんだ。調べさせたからほとんど間違いない。お前がまごまごしてるから外堀埋めたらなんとかなるとでも思ったんだろうな。こっちはそろそろプロポーズだって時なのに、なんて噂をばらまいてるんだ！』

「まてまてまてまて！　情報量が多い！　勝信さんが噂流して外堀埋めようとして？　ミト？　ミ

トって誰だよ!」

『俺の恋人だ。お前、COOやってるんだろ? このぐらいはちゃんと理解しろ!』

「こっちだって、さっき一悶着あって混乱してんだよ!!」

『それを言うなら、こっちだって一瞬別れ話みたいな雰囲気になったんだからな! そもそもこっちは前にもこの手の話で一度痛い目を見てるんだ! これ以上、俺たちの仲をかき乱さないでくれ!』

「それこそ知らねぇよ! というか、恋人いるのかよ!」

『なんで知らないんだ。瑠香さんは知ってるのに』

「は?」

「あ……」

ふたたび時が止まる。瑠香は見つめてくる成海から視線を逸らした。

『というか、俺が婚約破棄を申し出たから、お前が瑠香さんにプロポーズしたんじゃないのか?』

「……」

『成海?』

電話の向こうで、陸斗が首をかしげる気配がした。

ヤバそうな気配を感じた瑠香は、そっと自室に戻ろうとリビングを出ようとする。しかし、彼の腕が伸びてきて、瑠香はあっけなく捕まってしまう。

成海は瑠香の腕を掴んだまま電話口の陸斗に声をかけた。

「悪い、また後でかける。ちょっと瑠香と話し合うことができたみたいだわ」

『は？』

成海は電話を切り、ソファーに放った。そのまま瑠香の肩を持つと、大きくため息をつく。

「ホント、今日休んでよかったわ」

「えっと……」

「とりあえず、一から説明してくれるよな？　な、瑠香？」

「あ、はい……」

笑顔ですごまれ、瑠香は頬を引きつらせながら頷いた。


「……俺が一人で思い悩んでたのって、一体なんだったんだ」

話を聞いた成海の最初の感想がそれだった。彼はソファーにうなだれながら、脱力している。瑠香はそれを一人分空けて座りながら申し訳なく思いながら見つめていた。

「ほんと馬鹿だ。あーもー、俺の心労を返せ!!」

「ごめんね」

「人がどれだけ苦悩したと思ってるんだ！　ちょ！　その顔近付けんな！　なんでも許しちまうだろうが」

成海は背もたれに背中を預け、腕を瑠香のほうまで広げている。顔が瑠香のほうに傾いた。その目尻は少し赤くなっている。

「つまりさ」

「ん？」

「お前も俺のことが好きってことでいいんだよな？」

今までの話でそれは十分伝わったはずなのに、わざわざ確認をしてくる成海に、瑠香は頬を染めたまま一つ頷いた。

「うん」

「あのさ、俺の〝好き〟はキスとかそれ以上をしたいって意味の好きなんだけど。お前の〝好き〟もそれと一緒だって思っていいんだよな？」

「な、なんでそこまで確認するの!?」

「期待だけして落ち込むのは嫌だろ？　で、どうなんだよ？」

「そういう〝好き〟だけど……」

瑠香がそう言い終わるか終わらないかのうちに、成海は瑠香の後頭部を持って自分に引き寄せた。そして、唇を重ねた。

「っ！」

軽いリップ音を響かせながら、成海の顔は離れていく。

「なら、したい」

「え？」

「すぐしたい。早く俺のものになったって証明が欲しい」

男性と交際したことがない瑠香にだって、こういう場での『したい』の意味はわかる。瑠香は全身を真っ赤に染めあげた。

「じゃ、じゃあ、シャワーに!!」

慌てて立ち上がる。今はまだ午前中だが、いろいろありすぎて変に汗をかいてしまっている。それに、好きな人に身体を見られるのだ、いろいろ最終チェックはしておきたい。

そんな瑠香の気持ちを知ってか知らずか、成海は立ち上がった瑠香の腕を引いた。

「だめ。もう待てない。何年待ったと思ってんだよ」

「すぐ出てくるから！」

「待てない」

「じゅ、十分！」

「待てるかよ！」

成海は瑠香を横抱きにするとリビングを出た。向かう先は彼の部屋である。このままではシャワーを浴びる前にペロリと食べられてしまうだろう。瑠香は彼の腕の中で足をばたつかせた。

「何年も待ったなら、十分ぐらい待てると思う！」

「何年も待ったんだからこれ以上は無理」

「シャワーだけだから！」

「んじゃ、一緒に入って風呂でする」

「それじゃあ意味ない！」

「意味ないならベッドでいいだろ」

気がつけば成海の部屋に到着していた。瑠香はそのままベッドに放り投げられる。成海は着ているシャツを脱ぎながらふっと笑った。

「はじめてなんだろ？　最初が風呂とか無理すんなよ。風呂でもしたいなら後で何回でも付き合ってやるからさ」

「私は、お風呂でしたいなんて言ってない！」

「俺はしたい。でも今はベッドがいい」

上半身裸になった成海は瑠香に覆い被さった。均整の取れた身体がすぐ側に迫り、心臓がうるさいぐらい高鳴る。

「ほら、いい加減覚悟決めろ。抱くぞ」

今までになく上機嫌な彼が自分の上で笑う。もうそれだけで下半身がきゅっと縮こまった。

「さすがに今日は、泣いてもやめてやんねぇからな」

「んっ」

ほんのりと煙草《たばこ》の香りがする、優しいキスだった。唇から頬に、頬から額《ひたい》に、瞼《まぶた》に、耳に、鼻の頭にキスを落として、最後はまた唇に戻ってくる。上下の唇を順番に吸われ、噛み付くように深く唇を合わせれば、次は舌が侵入してくる。歯列をなぞり、舌同士が絡まる。彼の動きに合わせて必死に舌を伸ばせば、どちらのものかわからない唾液が二人のあいだを行き来した。

「んっ、はっ、はぁっ」

頭が熱をもち、何も考えられなくなっていく。とどめを刺すように舌を思いっきり吸われ、瑠香は目をぎゅっと閉じた。

「んぁっ」

舌の根が引っ張られて苦しい。なのにやめてほしいとは少しも思わない。むしろもっと教えてほしかった。自分の知らない世界を、快楽を、彼に教えてもらいたかった。

(あの時は、あんなに怖かったのに……)

未知への恐怖は今だってもちろんある。けれど今は、彼と一緒になりたいという気持ちのほうが強かった。今の彼なら、すべてを預けられる。身体を開いても怖くない。

「はぁ……」

唇が離れ、瑠香は脱力した。頬は染まり、額《ひたい》はじんわりと湿っている。

「キスだけで気持ちよさそうな顔すんなよ」

満足げに成海が笑う。瑠香は頬を赤らめたまま顔を逸らした。

「だって……」

「これでいっぱいいっぱいなら、この先持たねぇぞ」

「この先……？」

「服を脱いだ先だよ」

そう言った彼の手が部屋着として着ているフリースのパーカーの前チャックを下ろす。すると、すぐにブラジャーに覆われた二つの果実が出てくる。

「今日は前か。サービス過剰だろ」

成海の人差し指は胸の谷間を通り、フロントホックの金具を外す。すると、たわわに実った果実が成海の前でぷるんと揺れた。

「ひゃっ――」

「絶景だな」

その声は呟くようなかすかな声だったが、瑠香の耳にははっきりと届いていた。彼が視線を注いでいるのは瑠香の胸で、その先端にはつんと上を向いている赤い実がある。

「前は結構乱暴にしたからな。今日はちゃんと優しくしてやるよ」

彼は赤い実を口に含むと、舌でぐりぐりと押してきた。そのまま軽く吸い上げ、ちゅっと音を立てて離す。

「んっ」

「それとも、乱暴にされるほうが好きか？」

「いっ――」

成海は胸に歯を立てる。彼が口を離すとそこにはくっきりと彼の歯形が残っていた。噛まれたところがじんじん痛い。けれどなぜかその分体温も上がって、呼吸が浅くなった。

成海はまた胸に歯形を残しながら、嬉しそうに「わかった」と言う。

「乱暴にされるほうが好きとか、ホント可愛い」

「ちが――」

「違わない」

成海は瑠香の胸をぎゅっと掴む。力一杯掴んできたので、指のあいだに肉が盛り上がる。そのまま乱暴に胸を揉まれた。むにゅむにゅと胸が形を変える。成海はそれをじっと見つめながら反対側の胸をしゃぶりついた。

「あっあぁっ、や、あぁっ！」

じゅるじゅると音を立てて吸われ、なぜか耳が熱くなる。聞いていられないのだ、この卑猥《ひわい》な音を。彼が自分の胸を堪能している姿も見ていられない。

思わずぎゅっと目を瞑り耳を塞《ふさ》げば、彼がふっと鼻で笑う気配がする。

「ばかだなぁ」

指の隙間からそんな優しい声が聞こえてきた直後、彼の指先が部屋着のズボンに触れた。そのまま容赦《ようしゃ》なく彼の手は侵入してくる。

「ひゃっ!!」

そして、中指で彼女の割れ目を直接なぞった。電気が走ったような刺激に瑠香の腰は浮く。

「やぁんんんっ！」

「視覚も聴覚も自分で消して、そんなに感触だけ感じたかったのかよ」

成海の指は割れ目をなぞる。何度も行き来をしていると、次第ににちゃにちゃと湿り気を帯《お》びた音が聞こえてきた。

「エッチだな」

「やぁぁっ！」

にちゃにちゃ、だった音がいつの間にか、ぐちゃぐちゃに変わっている。シーツを掴んで快感を逃していると、起き上がってきたクリトリスをつままれ、視界が真っ白になった。

「あぁあぁぁっ!!」

汗がぶわっと噴き出る。もう頭はなにも考えられない。

成海は瑠香を四つん這いにさせると、ズボンと一緒にショーツも下ろした。足の間からショーツと割れ目のあいだに糸が引いているのがはっきりと見える。

「エッチな身体で、おまけに乱暴にされたいとかほどほどにしとけよ。そんなことばっか言ってると、いい気になるぞ」

「だれ、が？」

「俺が」

そのまま彼は割れ目に口を付けた。

「こんな風に可愛がりたくなって仕方がなくなる」

「――っ！」

そのまま中に舌を侵入させる。じゅるじゅるとあふれた蜜を吸い、襞《ひだ》をねぶる。

「ふあぁああぁ……」

背筋がゾクゾクする。快感に打ち震えるというのはこういうことを言うのだろうか。身体が震え、足がガクガクとする。彼にそんなところを舐められるなんて、本当は嫌だ。汚いからやめてほしい。

なのにそう言えないのは、心の奥底では『もっと、もっと』と思っているからだ。

「瑠香、初めてだよな？」

割れ目に指を這わせながらそう聞いてくる成海に、瑠香は頷いた。初めてどころか、交際経験自体もない。キスだって、前のあれが初めてだ。

「初めてなのにこんなに濡れてるとか。どんだけなんだよ」

「あぁっ」

「ほら、もう指だって入りそうだ」

そう言うや否や、彼はゆっくりと中指を彼女の中に侵入させていく。初めて誰かが自分の中に侵入してくる感覚に、瑠香は息を詰めた。

「あっ――」

「あっつ。それにきついな。でも、もうすごいドロドロだ」

奥まで入れてぐりぐりと指を回される。そのままゆっくりと抽送《ちゅうそう》が始まった。

「あ、あぁ、はっ、や、ぁんっ！」

「まだ入り口のほうが気持ちいいよな。ほら」

「んんんー!!」

浅いところを円を描くように触られる。するとボタボタとシーツに愛液が落ちた。

「すご。……ほんとエッチだな」

嘲《あざけ》るような言葉に、瑠香の瞳に涙が浮かぶ。

「だって」

「ん？」

「だって、成海くんに触られてるんだから仕方がないじゃない！」

その瞬間、成海は目を見開いた。

「成海くんに触られてるから、いっぱい出てきちゃうんだもん。止めたくても、止められないしっ！　すごく気持ちがよくて、だから――」

「なんだそれ」

成海はびっくりするぐらいの低い声を出す。

「最高に可愛いだろ」

「うん――っ！」

急に指が増やされて、瑠香は背中をのけぞらせた。そのまま激しく中をこすられる。開いたばかりの入り口はまだ狭い。しかし、たっぷりと濡れていたので不思議とあまり痛くはなかった。成海の指をしっかりと咥《くわ》え込んでいる。

「あぁあっ！　あ、ぁんっ！」

円を描くようにかき混ぜられる。いつの間にか覆い被さっていた成海が、指を動かすと同時に乳首を弄《いじ》り出す。

「やあぁあぁぁっ！」

あられもない声が上がる。もう無理だ。正気を保っていられない。

「あんっあぁっ！　やっ　これ以上はっ！　やっ！」

「あぁ。もう、挿れたい。やばい」

耳元で荒々しい声が聞こえた。ふー、ふー、と己を落ち着かせるように長い息を吐いている。

「やぁん。ぁんっ！　やだぁ！　くるし……んんっ！」

「なんでそんな可愛い声ばっか出すんだよ。煽《あお》り上手か！」

「だって、成海くんが――」

『いじめるから』そう言いたかったのに、胸を弄《いじ》っていたほうの手で口を塞《ふさ》がれた。

「だめ。それ以上言うな。また可愛いこと言おうとしたろ？　こっちは必死で耐えてんだからな」

「んん！」

「もう喘《あえ》ぎ声も禁止。やばい。あんまり聞いてると挿れる前に爆発しそう」

「んんんんー！」

「もう一回イっとけ」

指がもう一本増やされ、抽送《ちゅうそう》が激しくなる。ガツガツと中を抉《えぐ》られ、最後にはクリトリスを指で弾《はじ》かれた。

「んんっ！　んんん――!!」

口を塞《ふさ》がれたまま絶頂を迎える。頭の中で何かが弾《はじ》け、そして目の前が真っ白になる。身体の一番奥がきゅっと縮み、指を締め付ける。弛緩《しかん》した時にはボタタタ……と大量の蜜がシーツに落ちた。

「ふぁ……ぁ……」

膝が言うことを聞かなくて、その場に倒れ込んでしまう。肩で息をしていると、成海が何か小さな小袋を口でちぎったところだった。

視線の先には剛直した彼の昂《たかぶ》り。その大きさを目にして、瑠香は目を見開いた。

「え、それ……」

「あんまり見んな。怖くなるぞ」

優しく目元に手を置かれた。その優しさでまたじわっと秘所が濡れる。

「そんなの、入らない」

「入る。大丈夫だ」

「ほんと？」

「あぁ」

目元に手を置かれたまま、彼が近付いてくる気配がする。

「なぁ、瑠香。俺のこと好きだろ？」

「うん。私、成海くんのことすきだよ。だいすき」

やっと目元から手が離される。見上げた先の彼の顔は本当に嬉しそうだった。

「俺も、愛してる」

足がM字に開かれ、彼の切っ先が宛がわれる。ゆっくりと侵入してきたその大きさに、瑠香は彼の背中に爪を立てた。

「んんぁあああぁ!!」

「んっ――」

狭いのか成海も苦しそうに息を吐く。しかし、ゆっくりとしたリズムで出し入れを繰り返し、奥に奥に進んでいく。

「悪い。最初は痛いよな。俺ばっかり気持ちよくなって、ごめんな」

いたわるような成海の声に、目頭が熱くなった。成海はいつだって優しい。物言いは乱暴だけど、誰よりも瑠香のことを考えてくれる。

好きだった。本当に好きだった。開かれる痛みよりも、内臓を押し上げられる苦しみよりも、愛情のほうが勝っていた。

「だい、じょうぶ。成海くんと、一つになれて、嬉しい、から」

一生懸命息を吸いながらそう答えれば、成海の顔が歪む。

「もう、ほんとお前は――」

顔が近付き、優しいキスが落ちてくる。

「なんでそんな、俺が欲しい言葉ばっかり――」

泣き出しそうな声だな、と思った。

しかし、その思考も、襲ってくる衝撃で見事に消え失せる。

「あぁぁぁあぁっ!!」

身体がのけぞり、汗が飛び散った。彼は残った半分以上の剛柱を最後まで押し入れてきたのだ。

ギリギリ抜ける直前まで腰を引き、一気に貫かれて、瑠香の身体は跳ねた。

そのまま休むことなく彼は瑠香の最奥を穿《うが》つ。ガツガツと腰を振られて、瑠香の理性は弾け飛んだ。

「あっあぁっやぁっぁあぁあ!!」

「もうだめだ。無理。離してやんねぇ」

子宮口を押し上げられ、内臓が揺れる。パンパンパンと肌と肌がぶつかり合う音が部屋に響いた。

成海は『最初は痛い』と言っていたが、そんなことはない。痛くないわけではないが、それよりも身体が熱くて、触れ合う肌が温かくて、突かれるたびに気持ちよかった。正直、頭がおかしくなりそうだった。

「も、やだ、おく！　おくばっかりっ!!」

「ここ、好きなんだろ？」

「すきじゃ――」

「嘘つくなよ」

ぐるりと腰を回す。割れ目を無理矢理広げられてまた彼の背中をひっかいた。

「ひぅっ！」

「身体は好きだって言ってるぞ」

成海は瑠香の腰を掴み、中を蹂躙《じゅうりん》する。執拗《しつよう》に最奥ばかり突かれて、もう快楽でなにも考えられなくなっていく。

「いやぁあっ！　へんに、なるっ！　なるみくん、へんに、なっちゃ――」

「変になれよ。俺も、もう――」

もう一度絶頂を迎える。

それと同時に、中にある彼のものも激しく脈打った。

◆◇◆

「なんだか、いろいろ遠回りした感がすごいな」

「そうだね」

枕を交わした二人はベッドに寝転がりながらまどろんでいた。互いの身体は汗でしっとりと湿っている。けれど触れ合っていても少しも不快じゃない。瑠香は彼の腕枕に頬をすり寄せる。

互いに初恋で、一度は恋に破れ、また出会い、惹《ひ》かれ合い。ついにはここまできてしまった。

もっと早くこうなる未来はあったかもしれないけれど、幸せになった今では、あの互いを想うだけの空白の時間でさえも愛おしく感じられる。

成海は瑠香の髪をすく。その手つきがくすぐったくて、瑠香は身をよじった。

「やばいな」

「どうしたの？」

「幸せすぎて死にそう」

彼らしからぬ言葉に、耳が熱くなる。徐々に体温が上がり、瑠香はこらえきれず顔を覆った。

「瑠香？」

「……成海くんって、結構恥《は》ずかしいこと言うよね？」

「俺が？」

「『可愛い』とか『愛してる』とか。すっごくいっぱい言ってくれて、嬉しかったけど、やっぱりちょっと照れちゃうな。へへへ……」

頬の熱さを手のひらで感じながら瑠香ははにかんだ。成海は目尻を赤く染めた後、額《ひたい》を押さえながら難しい顔をする。

「やばい。自覚ない……」

「そうなの？」

「最中の話なんか、夢中だったから覚えてねぇよ」

「さっきのも結構キュンときたよ？　幸せすぎてーって」

「あー、確かに。無自覚って怖いわ……」

先ほどのも無自覚だったらしい。片手で顔を覆い恥《は》ずかしがっている姿はちょっと可愛いとさえ思ってしまう。

（でも、無自覚かぁ。ベッドの上だから勢いで言っちゃったって感じかな）

どうりで彼らしくない甘い台詞《せりふ》のオンパレードだったはずだ。まるで漫画から飛び出してきた王子様みたいだと、瑠香は抱かれながら思っていた。瑠香の心を読んだのか、成海は声を低くさせる。

「無自覚っていっても、心にもないこと言ってるんじゃないからな」

「え？」

「『可愛い』も『愛してる』も全部本心だよ。気恥《きは》ずかしいから普段は言わないけどな」

口をへの字にしながらも、彼の耳は真っ赤になっている。瑠香は驚いた顔で彼を見つめていた。

嬉しくて、胸が温かくて、なんだか言葉にならない。

見つめる瑠香に、成海はさらに顔をしかめた。

「なんだよ？」

「へへへ。嬉しいなって」

正直に気持ちを吐露《とろ》すれば、彼の目は見開いた。そして、瑠香の髪の毛を乱暴にかき混ぜる。

「わっ！」

「そんなに喜ぶなら、また気が向いた時にでも言ってやるよ」

「ほんと!?」

「気が向いたらな」

ボサボサになった前髪の奥で彼ははにかんでいる。

この時間が、この空間が、何よりもかけがえがなく愛おしかった。

「あ、そういえば、噂の件ごめんなさい。お父様が……」

そのことを思い出したのは、昼飯でも食べに行こうかと成海に誘われ、準備をしている時だった。

噂というのは『陸斗と瑠香が結婚する』という例の噂だ。宏司が海外に行っていなかったら確実にここまで広がらなかったわけで、その時期を選ぶ勝信には相当な強《したた》かさが見て取れた。

頭を下げる瑠香に成海はなんてことない表情で答える。

「ま、どうとでもなるだろ、あれは」

「へ？」

「もう結婚すればいいだろ」

「結婚？」

意味がわからなくて瑠香は首をひねる。

「えっと誰と誰が？」

「俺とお前が」

「は？　えぇえぇぇ!?」

「そうしたら噂もなにも関係なくなるだろ？　なんなら、今から役所行って婚姻届取ってくるか？」

思いも寄らぬ提案に、思考回路が完全に停止した。呆ける瑠香を置いて成海は続ける。

「もう互いの家にも挨拶行ってるんだし、別にいいだろ。そもそもそれ前提で同棲してんだし」

「で、でも！　結納とか……」

「籍入れた後でもいいだろ、んなもん。というか、別に家同士はもうつながりがあるんだし、どうとでもなる」

「それはそうかもしれないけど。お父様大丈夫かな……」

「大丈夫だろ。相当びっくりするだろうけどな。でもま、表立って反対はできねぇよ」

成海はおかしそうに肩を揺らす。それを見ていると段々と自分もなんとかなるような気がしてくる。

瑠香が気持ちを決めたところで優しい手が頬を撫でた。

「それとも嫌なのか。俺との結婚」

「そんなわけないよ！　わ、私だって――」

「ならいいだろ。黙って頷けよ。絶対に幸せにしてやるから」

無自覚なのか、意図的なのか。彼はまた甘い言葉を囁《ささや》く。

瑠香は満面の笑みで一つ頷いた。

「これから、どうぞよろしくお願いします」

「……こちらこそ」

ぶっきらぼうに返す彼の頬の赤みを見ながら、瑠香は愛おしさで胸をいっぱいにしていた。

【三男・神宮寺大空の場合】

プロローグ

私――美浜飛鳥《みはまあすか》はその日、生まれて初めて一目惚れというものをした。

『初めまして。神宮寺大空です』

長い手足に、色素の薄い髪の毛。長いまつげに縁取られた大きな瞳は静かな湖畔《こはん》のようで、にこりともしない相貌《そうぼう》はもはや芸術品のようだった。

十三歳という年齢らしいあどけなさを残しつつも、纏《まと》う雰囲気は大人顔負けに艶美《えんび》で。私は彼を見た瞬間、秒も持たず恋に落ちた。

そして、初めての衝動とともに、「この子の笑う顔が見たいな」と、そう強く思った。

第一章　突然の告白

基本的に美浜飛鳥の朝は、彼を起こすところから始まる。

「ほら大空、朝よ！　起きて！」

大福のように丸くなった布団を揺り動かせば、「んー」とくぐもった声が聞こえてくる。続けて頭のほうを軽く叩いてやれば、彼はいつものように布団からのっそりと顔を出した。

陶磁器のように白い肌。乱れていても絵になる色素の薄い髪の毛。起きたばかりで目の焦点は合っていないにもかかわらず、その顔は蠱惑的《こわくてき》な色気にあふれていた。

「……おはよう、飛鳥ちゃん」

そんな誰もを魅了するような顔を柔らかく崩して、彼は飛鳥に微笑みかける。

彼は神宮寺大空、現在十九歳。『ＳＯＲＡ』という名前で活動している、話題沸騰《ふっとう》中のモデルである。モデルとしての活動は日本だけでなく海外にまで広がっており、最近ではモデル以外の俳優業などにも徐々に手を広げ始めている。

そして、飛鳥は彼のマネージャーだった。

「撮影七時からなんだから、このままじゃ遅れるわよ。早く起きて！」

「んー。……あと五分――」

「だめだって！　今日の撮影は遅れるわけにはいかないんだから！」

飛鳥は大空がふたたび被ろうとした布団を剥《は》ぎ取る。

すると、ダビデ像も真っ青な均整のとれた半裸が目に飛び込んでくる。ファンなら鼻血もののショットだろう。しかし飛鳥は、それを見ても顔色一つ変えなかった。

「んんー……」

「大空！」

「飛鳥ちゃんがチューしてくれたら起きれるかも」

「しません！」

手に持っていた布団を側に置き、飛鳥は寝室の扉に手をかけた。

「早く起きてきてね。朝ご飯できてるから」

「はーい」

ようやく目が覚めたのか、彼は布団から上半身を起こし、機嫌よくそう返事をした。


モデル『ＳＯＲＡ』こと大空は、名家として知られる神宮寺家の三男である。

跡取りに関係ない立場だからか、父親である神宮寺宏司が年をとってからできた子だからか、彼は年の離れた二人の兄たちに比べ、溺愛され、自由奔放に育てられてきた。そのため、一人じゃ何もできないくせに、甘え上手。むしろ甘えん坊の権化。彼に頼み事をされるとどんなに強面の偏屈屋でも、最終的には願いを聞いてしまうなんて噂もあるぐらいだ。

そんな彼に毎日振り回されているのが、マネージャーである飛鳥だ。彼女は元々、大空の家庭教師だった。彼がモデルの仕事を始める際、大空自身と彼を心配する両親に頼まれ『ＳＯＲＡ』専属のマネージャーになった。

現在は朝が苦手な大空のため同じマンションの隣の部屋を借りて、毎朝仕事の前に起こしに行くのが日課である。

寝ぼけ眼《まなこ》をこすりながらリビングに出てきた大空に、飛鳥は声を張る。

「昨日お味噌汁が飲みたいって言ってたから、今日は和食よ」

「ん」

食卓には二人分の食事。朝食は二人で食べるのが日課になっていた。

「ほら、冷めないうちに座って！」

飛鳥の声に促《うなが》されるように、大空はのろのろと席に着く。そして「いただきます」と小さく呟き、食べ始めた。

最初は無理矢理口に押し込んでいるような様子の大空だったが、だんだんと胃が動き始めたのか、次第に楽しそうに食事をし始める。

「飛鳥ちゃんの作ったご飯っておいしいよねー。できれば一生食べたいぐらい」

「残念でした。私は大空のお母さんでもなければ、お姉さんでもないんです！」

「それじゃあ、結婚しようよ。結婚。僕、飛鳥ちゃんのこと大好きだよ？」

「もー、馬鹿なことばかり言ってないで。ほら、もう時間になるわよ」

「はーい」

こんな軽口もいつものことだ。そして——

(大空ってば、私が本気にしたらどうするのよ……)

こんな風に隠れたところで彼女が顔を赤くするのも、またいつものことである。

飛鳥は大空のことが好きだ。初めて会った時に一目惚れをしてから、以来ずっと絶賛片想い中である。

当時彼は中学二年生、十三歳。飛鳥は大学に入ったばかりの十八歳だった。当時から大人顔負けの色香を持っていた彼に、アイドルの追っかけをしていたちょっとミーハーぎみの飛鳥がときめいてしまったのは、もはや必然と言うほかない。しかし、相手は中学生、飛鳥は大学生だ。しかも、彼は今から自分の生徒になるだろう子でもある。当然、告白などできるわけもなく、それから今までずるずると片想いのままきてしまった。

飛鳥は顔を上げる。そこにはなんてことない表情でご飯を口に運ぶ大空がいた。

(いやまぁ、告白なんかしても、玉砕《ぎょくさい》は目に見えてるんだけどね)

どこまでも平々凡々な自分が、彼のような才能のあるイケメンと付き合えるとは思っていない。というか、そもそも相手にもされないだろう。年齢差は五歳。しかも、飛鳥のほうが年上なのだ。彼にとって飛鳥の存在は母親か姉のようなものである。彼の言う『好き』や『結婚しよう』にも、さしたる意味はないと彼女はわかっていた。

（でもいいの！　私はこれからもずっと陰で大空を支えるんだから！）

飛鳥はスマホの専用フォルダーに入っているＳＯＲＡの写真をそっとのぞき見る。彼女は彼を『大空』としてだけでなく、『ＳＯＲＡ』としても好きなのだ。

平たく言うとファンである。大ファンである。

（いやぁあぁ!!　ほんと！　ほんと、かっこいい!!）

内心は絶叫してるが、表情は涼やかだ。彼と出会ってから磨き上げたポーカーフェイスである。飛鳥の唯一にして最大の特技だ。

大空との良好な関係を、ＳＯＲＡのマネージャーを、これからも続けていくために、飛鳥は自分の気持ちを隠し続ける必要があった。先ほどの半裸だって、この特技がなかったら鼻血を噴いていたに違いない。

（ほんとこの角度、最高！　もうやばい!!　尊い!!）

そんな飛鳥を見つめる大空の視線にも気づかないまま、彼女はじっとスマホを眺め続けるのであった。

◆◇◆

モデル『ＳＯＲＡ』の異名は『東洋の妖精』である。その中性的な顔立ちと、誰もを魅了し惑わせてしまう微笑みをアメリカの雑誌にそう表現された。

今日も妖精と評される笑みを湛《たた》えながら、彼はカメラの前に立つ。

その微笑みの下では――

（そろそろ実力行使に出ないと、飛鳥ちゃんいつまで経っても僕の気持ちに気づいてくれなさそうだなー）

と、少々物騒なことを考えていた。

表情はそのままで、大空は内心ため息をつく。

正直、どうして彼女がそんなに自分の気持ちに気がつかないのかわからない。家ではこれでもかと気持ちを伝えているし、特別扱いだってしている。そもそも、家庭教師だった飛鳥に『事務所に所属することになったからマネージャーになって』と頼むこと自体、おかしいのだ。彼女はそれを少しも疑問に思わなかったのだろうか。

家庭教師だった頃から彼女はそういう仕事が得意そうだったけれども、プロではなかった。普通に考えれば事務所に所属しているプロのマネージャーに任せたほうが安心できるし、いい仕事をしてくれるに決まっている。しかしそうしなかったのは、ひとえに大空が彼女と離れたくなかったからだ。いくら告白しても本気に受け取ってくれない彼女と一緒にいるために、大空が考えた苦肉の策である。

（飛鳥ちゃんも僕のこと好きっぽいのにな）

そんなことを考えながらも、大空は着ているコートのラインを崩さないように足を組む。

勘違いしてはいけない。この仕事の主役はモデルではなく服なのだ。モデルは服をアピールするためのマネキンにすぎない。いかに服を魅力的に見せられるか、それが彼の仕事だ。彼はそれをきっちりわきまえていた。

(この仕事を始めたのだって、そもそも飛鳥ちゃんと離れたくなかったからなのに)

彼女が『大学を卒業し就職する』。それに伴って家庭教師のバイトをやめる』。そう言い出したから、大空は慌てて前々からスカウトされていたモデルの仕事を受け、彼女にマネージャーをお願いしたのだ。その際は彼女が断りにくいように事務所に手を回し、親だって巻き込んだ。

大空は飛鳥に視線を移す。彼女はキラキラとした瞳で自分を見つめていた。その可愛い表情に、口元が緩む。

(ま、今はこの仕事好きだからいいんだけどさ)

大空は緩んでしまった口元を隠すようにマフラーを引き上げた。

盆は過ぎたとはいえ季節は夏。エアコンが効いていてもライトが当たっているスタジオは相当な暑さだ。しかし、暑さなんてみじんも感じさせない涼しげな表情で大空はポーズを決めた。その瞬間、場が色めき立つ。

不純な動機で始めた仕事だったが、これはまさに大空にとって天職だった。


それから二時間ほど撮影して、仕事は終了となった。昼からはまた別の仕事が入っている。今度はテレビの収録だ。来期から始まるドラマに脇役として出演予定なので、その番宣を兼ねたバラエティ番組に出演するのである。

汗をかいた大空は、そのまま着替えるために更衣室に行く。そしてスタジオに戻った瞬間、目の前の光景に思わずむっと顔をしかめた。

飛鳥が何やら盛り上がっていたのだ。相手は、先ほど大空を撮ったカメラマンである。名前は砂野《すなの》行弘《ゆきひろ》。最近、頭角を現してきた若いカメラマンだ。よほど評判がいいのか、今度出版する大空のプライベート写真集も彼が撮影することになっていた。

飛鳥はカメラの液晶部分をのぞき込みながら「すごいです！」「さすがですね！」と声を弾《はず》ませていた。どうやら先ほど撮った写真を見て、彼のカメラの腕を褒めているようだった。

（写真がいいのは、彼の腕じゃなくて、僕のおかげだと思うけど……）

嫉妬《しっと》故に、思わずそう考えてしまう。本心では彼の腕も認めてはいるし、彼の撮る写真も気に入っている。しかし、彼女が絡むと素直にそうは思えなくなる。

「あの二人仲がいいわよねぇ」

不意にうしろからそんな声がして、大空は振り返った。そこにはチーフマネージャーである梅園《うめぞの》がいる。彼は、生物学的には男性だが、格好やしぐさは女性的だ。一般的にはオネェといわれる部類の人である。

常に飄々《ひょうひょう》としている梅園だが、そのマネージャーとしての手腕は他の追随を許さないほどに飛び抜けている。特に、仕事を取らせてきたら質・量ともに右に出るものはいないだろう。

どうやら彼は、次のバラエティ番組の仕事を気にして駆けつけてくれたようだった。

「砂野さんには最近、ＳＯＲＡちゃんの撮影を担当してもらうことが多かったからかしら。付き合ってるかも……なんて噂もあるぐらいよ？」

「へぇ」

「あの様子だと、もしかしたら本当に付き合ってるのかもね。砂野さん、この前飛鳥ちゃんと一緒にご飯食べたって言ってたし」

その情報に、大空は思わず眉間に皺《しわ》を寄せた。

「なにそれ。僕、飛鳥ちゃんから何も聞いてないいんだけど」

「あら、言う必要はないでしょ。マネージャーとタレントはあくまでビジネスパートナーなんだから」

「それはそうだけど……」

大空は、飛鳥が誰かと付き合っているとは思っていない。そんなそぶりも時間もないからだ。彼女に現在恋人がいないことは自信を持って断言できる。

(だけど……)

彼女が砂野と相性がいいのは確かだろう。話も弾《はず》んでいるようだし、性格だって合いそうだ。彼女は大空のことを好きでいてくれているようだが、まだ恋人という関係ではないのだし、油断していたらかっさらわれる可能性だってある。

「ねぇ、梅ちゃんさん」

「なぁに？　そんな可愛い声出して。お願い事でもあるの？」

「うん！」

大空が満面の笑みで頷くと、梅園は「あらっ」と嬉しそうに声を弾《はず》ませた。

「僕のお願いを聞いてくれたら、この前断ったあの仕事、受けてあげる」

「まぁ！　それなら、聞くだけ聞いてあげようかしら」

大空は彼に耳打ちをする。それを聞いて梅園は「それだけでいいの？」と首をかしげた。

◆◇◆

数日後、飛鳥は大空と一緒に新幹線に乗っていた。行き先はとある温泉街。もちろん、プライベートで旅行というわけではない。仕事である。例のドラマのワンシーンをその温泉街で撮る予定なのだ。

伊達眼鏡《だてめがね》をかけ、キャップを目深にかぶった大空は、スーツ姿の飛鳥の隣で嬉しそうに頬を引き上げた。

「飛鳥ちゃん。温泉、楽しみだねー」

「あのね。わかってる？　遊びの旅行じゃないのよ？　一応宿は取ってあるけど、撮影が押したら温泉なんて入れないんだし」

「えー。でもさ、二人でお泊まりなんて初めてじゃない？」

「部屋は別々だし、同じ宿に他の俳優さんも泊まるんだから、二人でお泊まりってわけじゃないでしょ」

楽しそうな大空を飛鳥はそう切って捨てる。すると、彼は口をすぼめながら、まるで捨てられた子犬のような声を出した。

「……もしかして、飛鳥ちゃんは楽しみじゃない？」

「そりゃ。ちょっとは楽しみだけど……」

泊まる予定になっているのは、美肌の湯として有名な温泉宿だ。飛鳥とて心は躍っている。しかし、このドラマは彼にとって大事なステップになるはずの仕事。マネージャーとして、いや、ＳＯＲＡの一ファンとして、ここで気を抜くわけにはいかないのだ。

飛鳥は背筋を伸ばす。隣を見れば、いつもより上機嫌な彼が窓の外を見ながら鼻歌を歌っていた。

（というか、なんかちょっと大空楽しみすぎじゃない？　いつもはもうちょっと落ち着いてるのに。……これじゃまるで本当にただ旅行に来てるみたい……）

結果を言うと、その予感は的中することとなる。


「へ、誰も来ていないんですか？　しかも予約も取れてない!?」

「はい。申し訳ありませんが……」

待ち合わせ場所になっているはずの旅館のフロントで、飛鳥は素っ頓狂《すとんきょう》な声を出した。目の前には困ったような顔をする従業員。飛鳥はカウンターから身を乗り出すようにしながら、彼に詰め寄った。

「そんなはずはないんですが！　ヴァルールエンターテインメント……もしくは『美浜飛鳥』で予約が入っていませんか!?」

「すみません。本日そのような予約は承《うけたまわ》っておりません。……というか、そのご予約は明日ではなかったでしょうか？」

「え!?　そんなはず――」

飛鳥は手で口元を覆う。旅館の予約は事務所の総務担当に任せていた。本来ならドラマ単位で制作会社が宿を取るのだが、今回は参加する俳優陣が少なかったので個別に宿を取ることになったのだ。もしかして総務が宿を予約する日を間違えたのだろうか。

（でも、それなら宿の予約ができてないだけで、ドラマのスタッフさんたちはもう来ているはずし……）

飛鳥は慌ててドラマの日程表を取り出す。ドラマの仕事は梅園が取ってきたもので、日程表も彼が作って渡してきたものだ。予定表には今日の日付で『十四時、旅館前集合』と書いてある。まだ集合時間までに余裕はあるが、あのドラマのスタッフは割と早めに動くのだ。まだ集合していないだなんて絶対におかしい。

「もしかして梅園さんが間違えた!?　うそっ！　私がちゃんと確認しておけば……」

冷や汗が噴き出る。このドラマは大空が俳優として芽が出るかどうかを左右する大切な仕事だ。それを自分のせいで台無しにしてしまったとあれば、目も当てられない。旅館の従業員が言うように、明日にズレているのならそれはそれで問題はないが、今日別の撮影が入っていないとも限らないのだ。

飛鳥はポケットからスマホを取り出す。

「そうだ、今からでも確認して――」

「大丈夫」

それを制したのは大空だった。仕事に穴を開けたかもしれないという非常事態にもかかわらず、彼は余裕の笑みを浮かべている。こう見えても彼は仕事に対しては人一倍真面目なのだ。こんな表情をしているが内心は焦ったり傷付いたりしているかもしれない。

飛鳥は泣きそうになりながら頭を下げた。

「大空、ごめ――」

「すみません、名前を間違えました。『神宮寺大空』で予約はありますか？」

その台詞《せりふ》を聞いた瞬間、飛鳥の思考は停止した。

「……え？」

「はい、ございます。本日の十三時にチェックイン予定の神宮寺様ですよね？」

「はい」

「え？　どういう……」

大空は笑顔のまま飛鳥を見る。そして、子供がいたずらに成功した時のような無邪気な可愛らしい笑顔を浮かべた。

「ドッキリ大成功！」

「は？　え？　……はぁあぁ⁉」

怒りと困惑が混じったような声が、その旅館中にこだました。

「大空、どういうことだか説明してもらっていいかな？」

案内された部屋で、飛鳥は大空に詰め寄っていた。壁際に追い詰められているにもかかわらず、大空の顔には楽しそうな笑みが浮かんでいる。

「梅園さんに頼んで、明日と今日の予定を入れ替えた予定表を飛鳥ちゃんに渡してもらったんだよ。ほら、予定では明日お休みだったでしょ？　それが実は今日だったって話」

「つまり、本当の日程だと今日がお休みで……」

「明日がドラマの撮影日ってこと」

大空はピースを掲げる。

どうりで新幹線の中で楽しそうにしていたはずだ。彼は今日一日この温泉宿でゆっくりと過ごす予定だったのだ。しかもドラマの撮影はこの場所で明日の十四時からなので、万が一寝坊したとしても現場に遅れることはない。

今日は予定を早めただけなので、仕事先にも迷惑はかからない。しかもこのドッキリに協力したら、今まで断っていた仕事を受けると大空に言われ、梅園は二つ返事で了承したそうだ。

飛鳥は眉間を押さえる。

「なんでそんなまどろっこしいことするかなぁ。本当にびっくりしたじゃない」

「でも、普通に誘ったら来てくれなかったでしょ？」

「それは、そうだけど……」

大空と二人っきりで温泉旅行だなんて、それこそ考えただけで鼻血ものだ。仕事ならばいざ知らず、プライベートでなんて耐えられる自信がない。マネージャーとして毎日一緒にいるだけで心臓が破裂するかのような日々を送っているのに、その上お泊まりなんて心臓どころか頭のほうが爆発する。

そんな飛鳥の心を知ってか知らずか、彼は甘えるような声を出した。

「最近、飛鳥ちゃん疲れてるみたいだからさ。一緒に休めたらいいなぁって思って」

「うっ!!」

天使の微笑みに心臓が射貫かれる。この顔をされると本当に弱いのだ。なんでも言うことを聞いてあげたくなるし、なんでも貢ぎたくなる。今なら貯金通帳と印鑑を出せと言われたら素直に出す気がするし、クレジットカードだって渡してしまいそうだ。どんなに無理なお願いでも、この顔をされた後には頷いていたというケースも少なくない。

(恐るべし、東洋の妖精!!)

まったくもって、人を惑わす彼にぴったりな異名である。

「明日は撮影だし、せっかくの温泉も入れないかもしれないでしょ。でも、今日だったら存分に入れるから、たまった疲れを落として帰ろうよ。いつも迷惑かけてる僕が言うのもなんだけどさ」

さらにそう言うと顔を覗き込まれて、心臓がこれでもかと脈打った。

(はぁぁぁあぁぁ!!　かっこいい!!　その角度、いただきました!!)

さすがのポーカーフェイスも崩れそうになる。

今、この光景を、許されることならカメラに収めてしまいたい。

（せめて！　せめて目には焼き付けておかないと!!）

しかし、かっこよすぎるが故に直視もできない。

（あぁあぁぁ!!　目が、目が焼かれるー!!）

彼の顔は飛鳥のストライクゾーンどまん中なのだ。かっこいいし、可愛いし、色っぽいし、それでいて男らしい。本来共存できないであろう感想が彼の顔の前には浮かぶ。

しかも、それでいてとびっきり優しいのだ。

「飛鳥ちゃんに喜んでもらいたくて企画したことだから、怒らないで。ね？」

（怒れるわけが……ない!!）

そう、怒れるわけがないのだ。無理なのだ。彼のしたことを咎《とが》めたことなんて一度もない。よくて窘《たしな》める程度だ。外見はつっけんどんなマネージャーを気取ってはいるが、内心は彼にデロデロなのである。甘々だ。

「と、いうことで、行こっか」

大空は笑顔で飛鳥の手を取る。

「へ？」

「ここ、観光地だから見て回るところたくさんあると思うよ！」

「ちょっと！」

無邪気な彼に手を引かれ、飛鳥は宿を飛び出したのだった。

普段都会に住んでいるからか、盛り場も何もない田舎の温泉街は、二人にとって逆に新鮮に映った。周囲を山に囲まれ、小さな川の左右には古きよき木造建築の旅館が建ち並ぶ。温泉のお湯が流れ込んでいるからか川の至る所から湯気が上がり、大正ロマンを感じさせる街灯が温泉街の異世界観をさらに引き立てていた。旅館の脇には観光客用のお土産物屋さんがあり、空腹感を刺激する匂いを漂わせている。もう少し奥に行けば屋台も出ているそうだ。

「この温泉街、なんかカレーパンが名物らしいよ。面白そうだから買ってみない？」

そう大空に誘われて、飛鳥は一つのカレーパンを買い二人で分けた。新幹線の中で昼食を食べたので、これぐらいがちょうどいい。その後は、滝を見に行き、神社を参拝し、足湯に浸かった。もう完全に観光旅行である。

（というか、デートよね。これ!!）

大空に手を引かれながら、飛鳥は心の中でそう思った。

表情だけは繕《つくろ》っているが、内心混乱状態だ。

マネージャーとしては、この状態は非常によくない。本当のことを言うと、かなりまずい。

彼は何も意識していないのかもしれないが、周りの人から見て二人がどう映るかは明白である。年頃の男女が温泉街で手をつなぎながら観光しているのだ。恋人、もしくはそれに準ずるものだと思われても仕方がない。幸いなことに、閑散期の平日ということで温泉街に人はあまりおらず、大空もキャップに眼鏡をかけているので『ＳＯＲＡ』というのはバレてはいないようだが、どこで誰が気づくかもわからない。

（タレントのスキャンダルなんて一番気をつけておかないといけないのに！　私がそれに加担して
どうするのよ!!）

そうは思うのだが、正直に言って身体がまったく言うことを聞いてくれないのだ。飛鳥の本能が
完全にこの状況を受け入れてしまっている。喜んでしまっている。

大空とこんな風に過ごせるチャンスなんて、今を逃したらもう一生やってこないだろう。彼と一
緒に観光地を回れるなんて、それこそ夢に見ていた状況である。

それなら、あと一分ぐらいはこの状況を楽しんでいてもいいんじゃないか。周りに人もいないし、
そんなに焦らなくてもいいのではないか。

飛鳥の身体は、その『あと一分』をずっと繰り返し続けている状況なのだ。

（でも！　ここはちゃんと言わないと!!）

飛鳥はありったけの理性で自分を抑え込み、手を振り払った。

「大空！　あのね!!」

「飛鳥ちゃん、次は銀鉱洞《ぎんこうどう》ってところに行こう！」

またあの笑みで大空は飛鳥の手を取る。

「だめ？」

「――っ！」

自分の本能にも大空にも敗北した飛鳥は、そのまま引きずられるように彼についていくので

あった。

結局、誰にも気づかれた気配がないまま二人は宿まで戻ってきた。

外はもう暗く、立ち並ぶ街灯と旅館からこぼれる明かりが、辺りを橙色《だいだいいろ》に染め上げている。窓から見えるその幻想的な風景に、飛鳥はほぉっと息を漏らした。これで雪でも降っていたら、もうこの世のものではない景色だろう。

「あと十分ぐらいで夕食が運ばれてくるって」

部屋にある電話を切り、大空はそう飛鳥に告げる。その瞬間、彼女はふとあることに気がついた。

「あのさ、私の部屋ってどこになるのかな？」

「え？」

「取ってないなら大丈夫よ！　どこかすぐ予約するから。人があんまりいない時期だし、これだけ部屋数もあるんだからどこか空いてるでしょ」

飛鳥の言葉に大空は少し驚いたように目を瞬かせた。

「飛鳥ちゃんの部屋、ちゃんと取ってるよ。……というか、騙《だま》して連れてきたのに取ってないとかあり得ないでしょ？」

「あ、そうなの？」

「うん、もちろん。飛鳥ちゃんの部屋はね……ココだよ」

彼はそう言って、自分の足下を指した。仕草からいって、この部屋ということだろう。

飛鳥は首をかしげる。

「へ？　じゃあ、大空の部屋は？」

彼は先ほどと同じように自分の足下を指した。ココ、ということだろう。

「ん？　ちょっと待って！　つまり、どういうこと……？」

「つまり、部屋は一緒ってこと」

「はぁ!?」

あまりの出来事に、彼女は食事が来るまでの数分間、その場で固まって動けなくなってしまった。


（大空が何を考えているのかまったくわからない）

夕食を食べた後、飛鳥は部屋の内風呂に浸かっていた。結構良い部屋を取ってくれたようで、部屋には大きな露天風呂が付いている。飛鳥は乳白色の湯を掬《すく》いながら、ため息とともに眉根を寄せた。

（同じ部屋って。大空ってそこまで頓着《とんちゃく》しないほうだっけ？）

彼が自分を家族のように慕《した》っていることはもちろんわかっている。しかし、これはない。さすがにない。少なくとも飛鳥は付き合ってもいない男性と同じ部屋に寝泊まりするだなんて考えられなかった。それがどんなに仲のいい相手でも、だ。

（と言うか、なんでこんな時に限って他の部屋空いてないかなぁ。人も別に多くないのに……）

同じ部屋だということに気がついてすぐ、飛鳥は旅館のフロントで空室がないかどうか確認してもらった。しかし、閑散期にもかかわらず空室はゼロ。旅館の一部を改装中ということもあるようだが、それにしても誰かが意図的に二人を同じ部屋にしているかのような偶然だった。

（まさか、ね。いやいや。それはない！）

浮かんできた大空の顔を、飛鳥は首を振って消し去る。まさか今日に合わせて他の空室を全部予約しておいたとか、そんなことあり得ない。一体どんだけお金がかかると思ってるんだ。いや、そのぐらいなら彼は余裕で稼いでいるけれど、そもそも理由がない。

飛鳥は深く息を吐く。

（ていうか、大空に言われるがままお風呂に入っちゃったけど、お風呂出たらやっぱりちゃんと部屋探そう。旅館はたくさんあるんだし、探したらきっと一部屋ぐらい見つかるわよね……）

何度考えても、それが一番賢明だった。

女性マネージャーと男性タレントが同室でお泊まりだなんて、先ほどの『手つなぎデート』とは比べものにならないぐらい、彼の今後の芸能活動にいい影響は与えない。

なにより、飛鳥だってこんな状況になれば少しぐらい期待してしまう。何も起こらないことがわかっていながら期待をして、そしてやっぱり何もなかったと落ち込んでしまう。それなら早々に部屋を分けておくほうがリスクマネジメント的にも、精神的にもいいに決まっている。

幸いなことに、今ならまだ誰かに見られても『夕食のついでに打ち合わせしてました』で済ませることができる時間帯だ。

（今度は甘えるようなことを言われても振り切らないと！）

飛鳥は胸の辺りで決意のこぶしを固く握った。

その時だった。

「あーすかちゃん」

飛鳥は聞き慣れた声に、まさか……と振り返る。すると、そこには予想通りの人物が立っていた。

下半身は湯気に隠れて見えないが、一糸纏《まと》わぬ上半身は飛鳥の目に焼き付いた。

（きゃぁあぁあぁぁぁぁあぁぁぁぁ!!）

飛鳥は上げかけた悲鳴を呑み込み、素早く顔を隠した。そして、彼のほうを見ないように赤ら顔でうつむく。さすがに今は素面《しらふ》でいることとなんてできない。

「ちょ、ちょ、なんでここに!?」

「ここのお風呂広いから一緒に入ろうかなぁって思って。……と言うか、隠すの顔《そっち》なんだね」

「そりゃ、身体だって隠したいけど――っ！」

「大丈夫、大丈夫。お湯が白くて見えてないから。……僕としてはちょっと残念だけど」

不穏な言葉とともに、湯が波打つのを肌に感じた。きっと彼がお風呂に入ってきたのだ。

内風呂にしては広い風呂ではあるが、それでも入れて四人程度だ。大浴場ほど広いわけではない。

この距離に裸の大空がいると思うだけで飛鳥の血液は沸騰《ふっとう》した。体温もうなぎ登りである。

（いらない！　こんなサービスいらない！　過剰すぎて死んじゃう!!　神様仏様ありがとうございます！　でもやめて!!）

大空は必死で顔を隠す飛鳥の様子を見ながら笑う。

「そんな風に隠さなくても大丈夫だよ。さすがに前は隠してるし」

「そういうことじゃないでしょ！」

「じゃあ、飛鳥ちゃんが顔を隠してる隙に、僕が飛鳥ちゃんの身体見ちゃおーっと」

「――っ！」

飛鳥は慌てて自分の身体を隠す。乳白色の湯だが、近くに寄れば、身体なんて透《す》けて見えてしまう。胸もない、お尻もない、たいしたことない身体だが、だからこそ彼に見られるのは嫌だった。

「嘘だよ」

彼は意外にも遠い場所にいた。慌てる飛鳥を見ながら、肩を揺らして笑っている。からかわれたのだ。飛鳥は今度は羞恥《しゅうち》ではなく、怒りで顔を真っ赤にさせた。

「ひーろーたーかー！」

「でもほら、こうでもしないと顔見せてもらえないからさ」

「顔なんて――」

「ほら。大事なことは顔を見て言いたいじゃない？」

少し真剣味を帯《お》びた声に何かを感じ取り、飛鳥は口をつぐんだ。

「飛鳥ちゃん、ちょっとそっち行ってもいい？」

「だ、だめ！」

「行くね」

本当に人の言うことを聞かない男である。飛鳥は極力彼を見ないように顔を下げた。

大空はゆっくりと移動してきているようだった。彼の動きは常に水面が飛鳥に伝えてくれる。しばらくして、彼は彼女の隣に腰掛けた。

(も、むり！　なんで、こんな……)

飛鳥の目尻にはもう涙が溜まっている。

「ねぇ飛鳥ちゃん。今日は楽しかった？」

「う、うん！　楽しかったよ」

もう顔は装えてはいないが、なんとかそう答える。

「僕と付き合ったらさ、毎日とはいかなくても、ずっとこんな楽しい思いができるよ？」

「……付き合う？」

「僕、飛鳥ちゃんの好みとかしっかり把握《はあく》してるからね。記念日とか……まぁ、そういう日じゃなくても。最高に楽しい時間を作ってあげられると思う」

「ちょ、言ってる意味が……」

大空のほうを見れば、彼は意外にも近くにいた。少しでも手を伸ばせば触れてしまえそうな距離である。

「本当にわからない？　こんなに毎日、何百回と言ってるのに？」

「言ってるって、なに……」

だんだんと近寄ってくる大空に狼狽《うろた》えながら、飛鳥は身を引く。太股の隣に手を置かれ、触れた指先に身体が跳ねた。

（な、なんか、やばい!!）

飛鳥は思わず、鼻を押さえた。

東洋の妖精が妖艶《ようえん》な色香を纏《まと》いながら、水をしたたらせ近付いてくるのだ。血圧が上がりすぎて、いつ鼻血が出てもおかしくない状況である。

「好きだよ、飛鳥ちゃん」

その瞬間、耳が溶けたのかと思った。

甘い声は甘い声でも、いつもの甘えるようなあどけない声ではない。しっとりとした大人の男の声だ。いつもの『好き』でも心臓が爆発しそうになるのに、この『好き』は全身が破裂しそうなほどの威力を持っていた。

（これは、だめだ！　勘違いするやつだっ！）

大空が飛鳥に向ける『好き』は異性に対する『好き』ではないのだ。それはわかっているのに、こうも甘く囁《ささや》かれると飛鳥だってちょっとは勘違いしてしまう。

飛鳥は心臓を押さえながら彼からふたたび身を引く。しかし、いつの間にか隅に追いやられていたようで、背中に露天風呂の縁が当たった。

追い詰められた飛鳥の目の端に、またじんわりと涙が溜まる。

「な、なにっ！」

「だから、好きなの。ねぇ、何回言ったら信じてくれるの？」

「そういうのは、ちゃんと――」

「ちゃんと好きだよ。女の子として好き。飛鳥ちゃんの気持ちもわからなくはないけど、ここまで本気にされないのは正直つらいよ」

生暖かい吐息がかかる。いつの間にかうつむいていた顔を上げれば、鼻先が彼の鼻先と触れ合う。

こんなキスする一歩手前の状況で『好き』と言われれば、それはもう、そういう『好き』で間違いないだろう。

「飛鳥ちゃん、僕と恋人同士になって」

ちゅっと耳に唇が触れる。そのまま耳の近くで、泣き出したくなるほどの甘い声がした。

「ねぇ、だめ？」

答えたくても口がうまく動かない。心臓がうるさくて周りの音も聞こえない。顔どころか全身が熱くて、頭がクラクラした。

「飛鳥ちゃん？」

何も答えない飛鳥に、大空は心配そうな顔で覗き込んでくる。

その表情に、また体温が上がり、今度は世界が回り出す。

「飛鳥ちゃん!?　ちょっ——」

慌てたような大空の声を遠くに聞きながら、飛鳥はあっという間に意識を飛ばしたのだった。

第二章　夢か、幻か、現実か。

飛鳥は瞼《まぶた》を照らす朝日で目を覚ました。

起き上がって隣を見れば、上半身裸の大空が安らかに寝息を立てている。驚いてしまい、一瞬声を上げそうになったが、両手で口を覆いなんとか呑み込んだ。

（あれ⁉　なんで私、大空の隣で寝てるんだっけ……）

服は浴衣を着ており、部屋は見慣れない和室。

飛鳥は寝ぼけた頭を押さえながら、昨日の出来事を必死で思い出した。

（確か、昨日は大空に騙《だま》されて二人で観光旅行をする羽目になって。それで、お風呂に入ってたら、大空が……ん？　んん⁉）


『飛鳥ちゃん、僕と恋人同士になって』

『ねぇ、だめ？』


色っぽい声とともに映像が蘇《よみがえ》り、飛鳥は一瞬にして顔を赤くさせた。両頬を手で覆えば、その顔の熱さに自分でもびっくりしてしまう。

（そ、そうだ私、大空に告白されて！　それで、それで……）

飛鳥は隣を見る。そこには、何の憂《うれ》いもなく安らかに寝ている大空がいた。昨晩好きな人に告白したとはとても思えない穏やかな表情だ。

その顔に、飛鳥はだんだんと冷静な自分を取り戻していく。

（もしかして、あれは夢……）

熱が下がっていくのを感じる。

彼は身じろぎをしながら飛鳥に背を向けた。

（それもそうか。そんな都合のいいこと起こるはずないし。……というか、そういう夢見ちゃうって、私って結構終わってるなぁ……）

肩を落とすとともに頭を掻く。どれだけ片想いをこじらせたら、あんなに願望の詰まった夢を見るのだろうか。

（でも、今更か）

一生に一度しかない新卒での就職を、好きな男に頼まれたからという理由だけで決めてしまうぐらい、飛鳥は大空のことが好きなのだ。特にやりたいことがなかったとはいえ、結構痛くて重い女だと自分でも思ってしまう。しかも相手は女性である飛鳥よりも綺麗《きれい》で、可愛くて、かっこよくて、おまけに優しくて、名家の三男。まぁ、普通に考えて成就するとは思えない相手である。

（ま、いい夢見れたんだからいいか）

スマホで時計を見る。時刻は十時。寝過ぎてしまった。

飛鳥は一度長息を吐いた後、いつものように寝ている彼を起こすのだった。

その日の撮影は、思った以上に順調に進んだ。前日にリフレッシュできたせいか大空は常に上機嫌で、現場の雰囲気もとてもよく、リテイクも少なかった。大御所の俳優さんからも褒められ、彼もまんざらでもなさそうな表情を浮かべている。

（ＳＯＲＡって、俳優の才能もあるわよね!!）

今はモデルという肩書きだが、彼は俳優でもやっていけるだけの実力を持っている。人を騙《だま》すのがうまいというか、いくつもの仮面を持っているというか。ドラマの撮影では、普段の彼からは想像できないような一面を度々見せてくれるのだ。

「ＳＯＲＡ君、絶好調ですね」

休憩中、不意に声をかけられた飛鳥は、声のした方向を見た。すると、そこには見覚えのある人物がいる。

「あ、砂野さん」

「ちょっと他の撮影現場が近かったので、寄ってみました」

人のいい笑顔を浮かべながら、彼は飛鳥の隣に立つ。視線の先には椅子に座っている大空がいた。

「ちょっと見てたんですけど、彼って演技も上手なんですね。引きつけられるというか、なんというか」

「あ、わかります!?」

飛鳥は嬉しそうに身を乗り出した。

「そりゃ、わかりますよ。かっこいいだけじゃなくて演技もできるなんて。これからもっと伸びるでしょうね、SORA君は」

「ですよね！」

うんうんと、何度も首を縦に動かす。自分のことを褒められるより、大空のことを褒められるほうが嬉しく感じてしまう飛鳥である。

彼女の反応に嬉しくなったのか、砂野はふたたび口を開いた。

「脇役なのにキラリと光るところがあるのがいいですよね。これがオンエアされたら、俳優の仕事増えると思いますよ」

「そうですよね！　実はありがたいことに、もう何個かお話をいただいているんですよ！」

「そうなんだ。すごいですね！」

「共演した俳優さんからの推薦もあったみたいで。モデルとの兼ね合いもありますから慎重に吟味《ぎんみ》していきたいとは思ってるんですけど、どれもいい話ばかりで!!」

「さすがSORA君ですね」

「そうで――」

「飛鳥ちゃん」

二人の会話を遮《さえぎ》るように、その声は聞こえた。そして、飛鳥が振り返るより前に、声の主は彼女を引き寄せて腕の中に収めてしまう。声のトーンだけで誰だかわかっている飛鳥は、彼の突然の行動に目を白黒させた。

「そ、ＳＯＲＡ!?　なにして――」

「砂野さん。僕の飛鳥ちゃんなんだから、近付かないでよね」

大空の言葉は砂野に向けてのものだった。飛鳥はたいした抵抗もできないまま、大空の腕の中で固まってしまっている。状況が呑み込めない。こんなことは初めてだった。

彼の言動に、砂野は首をかしげた。

「僕の飛鳥ちゃん？」

「そう、僕の」

対抗心丸出しの大空に、砂野は困ったような顔になった。

「いや、確かに美浜さんは君のマネージャーだけど……」

「何言ってるの？　飛鳥ちゃんは僕の恋人だよ」

「こい、びと？」

「恋人!?」

一番大きな声を上げたのは飛鳥だった。彼女はわけのわからないことを言い出した大空を見上げる。その目を、瞳がこぼれんばかりに見開く。

砂野は驚きの表情で二人を交互に見る。

「え、二人ってそういう……」

「ち、違います!!　もー、ＳＯＲＡってば、冗談ばっかり!!」

「冗談？」

「冗談よね⁉」

「違うよ。飛鳥ちゃんと僕は付き合――」

とんでもないことを言い出した大空の口を飛鳥はとっさに覆う。周りも異変に気がつき始めたのか、チラチラとこちらの様子を窺い始めている。

「ＳＯＲＡ。ちょっと、向こうで話をしようか！」

青い顔でそう言う飛鳥に、大空は口を押さえられたまま一つ頷いた。

「ちょっと大空、どういうこと！　いきなりあんな嘘言うなんて‼」

飛鳥は辺りに人がいないことを確認して、そう怒鳴った。彼女の怒りとは裏腹に、大空のほうも
意味がわからないというような顔で首をひねっている。

「嘘じゃないよ。飛鳥ちゃん、昨日僕の告白ＯＫしてくれたでしょ。だから僕らは付き合ってるし、
恋人同士」

「は？」

「もしかして飛鳥ちゃん、昨日の夜のこと忘れちゃったの？」

「え……夜？」

飛鳥が訝《いぶか》しげな声を上げると、大空はポケットからスマホを取り出す。そして「念のために残し
ておいてよかった」と呟きながら、一つの動画を再生し始めたのだ。

画面に映ったのは、布団に横たわる飛鳥だった。

「これ……」

「昨日、お風呂に入った後の動画だよ」

動画の中の飛鳥は、浴衣を着て、額《ひたい》に濡れたタオルを置いた状態で扇風機に当たっている。お風呂の後と言っていたので、きっとのぼせてしまったのだろう。しかし、飛鳥にその記憶はまったくなかった。

(なにこれ。覚えてない……)

再生されている動画から、大空の声がする。

『ねぇ、飛鳥ちゃん。さっきのもう一回いい？』

『んー？』

『僕と付き合ってくれるんだよね？』

『……ん』

『僕のこと、好きだよね？』

『うん』

『ちゃんと言って』

『わたしも、ひろたかのことがすきー』

ふにゃふにゃとした締まりのない声で飛鳥は答える。意識は半分以上夢の中だ。記憶にない自分の失態を見せつけられ、飛鳥は羞恥《しゅうち》で全身を真っ赤に染め上げた。

「わ、私、大空に告白しちゃったの!?」

「違うよ。告白したのは僕。飛鳥ちゃんは了承してくれただけだよ。覚えてない？　お風呂でのこと」

その瞬間思い出したのは、昨晩見た甘すぎる夢のことだ。

『飛鳥ちゃん、僕と恋人同士になって』

ふたたび蘇《よみがえ》ってきた声に、飛鳥は頭を抱えた。

(あれ。もしかして、夢じゃなかった!?)

長年の願望を詰め込んだような記憶だったので夢だと思ってしまっていたが、どうやらあれは本当に起こった出来事らしい。

(ということは、つまり……)

「もしかして、忘れちゃった？　もう一度言ったほうがいい？」

迫ってきた大空の顔に心臓が跳ねた。

「好きだよ、飛鳥ちゃん。僕と付き合って」

「なっ」

「忘れてるようだから、選んでくれていいよ。このまま頷いて僕と付き合うか。無理矢理頷かされて僕と付き合うか。どっちがいい？」

「それは結局、どっちでも付き合う羽目になるのでは!?」

「そうだよ。飛鳥ちゃんに僕の本気のお願いが断れるわけがないじゃない」

飛鳥の頤《おとがい》に大空の指が触れる。細められた目に頭がクラクラした。

「どっちがいいの？　僕は無理矢理でもいいんだけど」

互いの吐息が感じられるほど近くで問われ、飛鳥はもう頷かざるを得なかった。

◆◇◆

数日後、二人の姿は大空の部屋にあった。二人はフローリングの床に正座で向かい合っている。

青い顔をしている飛鳥とは対照的に、大空はニコニコと楽しそうな笑みを浮かべていた。

「最終確認なんだけど、本当に大空は私と付き合っていいの？　その、恋愛ってこれからの仕事とかに影きょ……」

「いい加減くどいよ」

あの告白の日から何度もしてきた問答を、大空はバッサリと切り捨てる。飛鳥としてはリスクを理解してほしいという意味で何度も説明しているのだが、彼はそんなことは承知の上だと、まったく取り合ってくれないのだ。

「大体、色恋沙汰が明るみになって人気を落とすようなら、僕はそれまでの人物だったってことだよ」

「それはそうなんだけど……」

彼の言っていることはわかる。しかし、成長途中のタレントの色恋沙汰なんて、マイナスにしか働かないのは明白だ。自分にその責任が負えるのか。バレた時はどうするのか。それだけで飛鳥の頭はいっぱいになってしまう。

「じゃあ、ルールを作って付き合おうか」

「え?」

「『仕事中はお互いに名前で呼ばない』とか『デートは家の中だけ』とか、そういうやつ。僕は別にバレてもいいんだけど、飛鳥ちゃんが心配で付き合えないって言うなら仕方がないよね」

大空は、太股の上で握っている飛鳥の手を取る。

「要はバレなかったらいいわけでしょ?」

「大空……」

「それでも付き合えないとか言うようだったら、僕自《みずか》らSNSで『マネージャーと付き合ってます』宣言するから。そのつもりで」

笑顔で恐ろしいことを言う彼に、飛鳥は「ひぃっ」と小さく悲鳴を上げた。

それから二人はいくつかルールを作った。基本的には外では今まで通りに接して、恋人らしいことは家でするという感じだ。二人で考えたルールを飛鳥は紙に書き起こしていく。

「うん。こんなもんじゃない」

「……そうね」

紙には十個ほどのルールが並んでいた。これでバレないかどうかはやってみなくてはわからないが、こうして形にすることによって少しは安心ができた。

「ってことで、飛鳥ちゃんは僕の恋人でいいんだよね」

「それは……」

飛鳥はゆっくりと頷く。先ほどまではそれどころではなかったが、こうして少し不安が解消されると嬉しい気持ちがムクムクと湧き上がってくる。

(私、大空の恋人になったんだ……！)

嬉しくて顔がにやける。しかし、これまでが長かったので付き合うという実感があまりないというのも事実だった。

(普段から仲はよかったし、付き合うって言ってもあんまり変わらなそうよね)

それでも段々と恋人らしくなっていければ……と、幸せを噛みしめていた時だった。

「ねぇ。付き合ってるってことはさ、今まで以上のこと、してもいいってことだよね？」

「え？」

気がついた時にはその場で押し倒されていた。フローリングの床がちょっとだけ冷たい。天井を背にして笑う大空を見上げながら、飛鳥は目を大きく見開いた。恥《は》ずかしがるよりもまず、状況が理解できなくて言葉が出ない。

「ひぅっ！」

首筋を舐められて、変な声が出る。飛鳥はようやくそこで自分が今から彼に何をされそうになっているかを理解した。

「ちょ、ちょっと待って！」

「待たない」

飛鳥は大空を押し返そうとするが、彼の手はもうすでに飛鳥のシャツにかかっていた。ボタンを外すことさえも億劫《おっくう》だと言わんばかりに、彼は中に着ていたキャミソールと一緒にシャツを強引にたくし上げる。

「これ以上おあずけ食らうと僕死んじゃうから。一体何年待ったと思ってるの？」

「ちょ……」

「いただきます」

彼は妖艶《ようえん》に微笑んだ。


大空に組み敷かれた飛鳥が最初に思い知ったのは、『彼は男だ』という、当たり前にも思える事実だった。中性的な顔つきだからだろうか、それとも幼い頃から彼を知っているからだろうか、正直に言って飛鳥は大空をちょっと舐めていた。具体的には、彼には性欲なんてものはあまりないだろうと考えていた。しかし——

「ちょ、も！　んんっ　んぁっ！」

大空は飛鳥を強く求めてきた。初めてのキスだと喜ぶ間もなく入ってきた舌は、彼女の唇だけでなく口腔内《こうこうない》を蹂躙《じゅうりん》する。それと同時に彼はカップから掴み出した胸をやわやわと揉みしだく。立ってきた乳首を指と指の間に挟み、胸を揉みながら先端への刺激も加えていく。

「んっふぁ、んんっん——！」

キスされたまま愛撫を加えられているので、上げる声から食べられていく。

彼が唇を離してくれたのはそれから数分後。離す頃には飛鳥の唇はもうぽってりと腫れきってしまっていた。いつの間にか浮かんでいた涙を大空は指先で拭ってくれた。

「なんか、大空じゃない、みたい」

「どこらへんが？」

「だって。こんなこと……」

まさか、いきなり襲われるとは思わなかった。飛鳥だって年頃の男女が付き合うということは、こういうことも含めるというのはもちろんわかっている。けれど、彼はもう少しゆっくり進めると思っていた。なんの確証もないが、なぜか本気でそう信じてしまっていたのだ。

大空は飛鳥を見下ろしたまま、目を眇《すが》め、微笑んだ。

「飛鳥ちゃんって僕のこと馬鹿にしてるでしょ？」

「馬鹿になんて……」

「僕がなにも考えていないように見えた？　セックスのこととかまったく頭にないと思っていた？　付き合ったら、お手々つないで仲よくお散歩しましょう、とかから始めると思っていたの？」

「それは……」

そう思ってなかったと言ったら嘘になる。『お手々つないでお散歩から』とは思っていなかったが、互いの部屋でデートを何回か重ねて……ぐらいには思っていた。もっといえば、飛鳥から何かアクションを起こさなければ、こんなことにはならないとさえ思っていた。

大空の口角はさらに上がる。近付いてきたその顔は笑顔にもかかわらず、ちょっとぞっとするぐらい怖かった。

「残念でした。十九歳の男なんて、みんなこんなことしか考えてないよ」

「――っ！」

ぐりっと太股に押し当てられた硬いモノに、飛鳥の身体は跳ねる。彼の猛《たけ》りはもうズボンの下でパンパンに膨れ上がっていた。

「僕も早く突っ込みたくてうずうずしてる」

熱っぽい言葉に背筋がゾクゾクする。思わず想像してしまい、おなかの奥がきゅっと小さくなった。

「幻想壊してごめんね？」

「あっ――」

飛鳥はクロッチ部分に伸びてきた手に慌てて身を引く。しかし、それは彼の腕によって押さえ込まれてしまった。

「だから、早く準備万端になろうね」

彼はストッキングとショーツの上から飛鳥の割れ目の部分を撫でる。じわじわと染み出てきた愛液を指で確かめ、彼はなんのためらいもなくストッキングを破った。

「きゃっ！」

「人のストッキングなんて破ったことなかったけど、なんかすごい癖になりそう」

「なっ」

バリッ、とまた破られる。少し色の濃いストッキングの丸い穴から、飛鳥本来の白い素肌がぷっくりと盛り上がった。

「やばい。エロいね」

「ちょっと！　大空!!」

また二、三度、ストッキングを破る音が聞こえる。M字に開脚させられた飛鳥の内もも部分にいくつも穴が開いていく。

「ねぇ、飛鳥ちゃん。もっと見せて」

そう言うや否や、大空は飛鳥を立たせ、リビングまで連れて行く。そこにはいつも朝食を一緒に食べているダイニングテーブルがあった。

「テーブルに手をついて、前のめりになって」

「や、やだ！　やだやだ！　恥《は》ずかしい!!」

「恥《は》ずかしくない」

甘える時のような声だが、その口調は完全に命令のそれだ。

「ほら、早く。できないの？」

「──っ！」

飛鳥は涙目になりながらテーブルに手をつき、お尻を彼に突き出した。

「そう、いい子だね。次はスカートを自分で上げて」

「や——」

「お願い」

こんな時だって、飛鳥は彼の『お願い』には逆らえないのだ。飛鳥はスーツのタイトスカートの裾《すそ》を両手でたくし上げる。支えもないので上半身はもうテーブルにぴったりとくっついていた。

「すっごい光景」

今までにない恍惚《こうこつ》とした声に、飛鳥は恥《は》ずかしくてテーブルに突っ伏した。こういうのを視姦《しかん》と言うのだろう。大空は飛鳥に触れることなく、抱いてほしそうに自《みずか》らお尻を突き出す飛鳥をまじまじと見ていた。下着越しにだが、秘所もばっちりと見られてしまっている。

大空の指が触れる。すると、またストッキングを破る音が聞こえた。今度はお尻のほうだ。

「ねぇ、飛鳥ちゃん気がついてる？」

「なにを？」

「もうびちゃびちゃだよ」

「——っ」

大空はストッキングを破った穴から指を差し込み、そのままショーツのクロッチ部分をずらす。そのままズブリと奥まで指を突っ込んだ。

「あぁぁ——っ！」

「すごいね。見られただけでこんなになるなんて、飛鳥ちゃんって意外にエロいんだね」

中をかき混ぜながら、大空は笑う。もう彼女の知る彼とは別人だ。

「あ、あぁっ！　ぁっ、あんぁっ！」

「中うねってるよ。可愛い」

「いわなっ――んんっ！　あぁ!!」

テーブルをひっかく。まだ指しか入っていないのに、それが彼の指だというだけで飛鳥の感度は倍以上になってしまう。

「飛鳥ちゃんてさ、処女じゃないよね？」

濡れ具合なのか、締まり具合なのか。指を抜き差ししながら、彼はそう確認した。指はいつの間にか二本に増やされており、秘所からは、じゅぼじゅぼといういやらしい音が聞こえてくる。

飛鳥は確かに処女ではない。高校三年生の時に初体験は済ませている。けれど、それも遠い過去の思い出だ。大空を好きになってから今まで、飛鳥は誰かと関係を持ったことはない。しかし、快楽の熱に浮かされた彼女にそれらは答えられなかった。

大空はさらに手の動きを激しくさせる。

「飛鳥ちゃんのハジメテ。僕が欲しかったのにな」

「あぁぁっ！　やっ！　そんな、つよくっ――んん」

「でも、それなら遠慮しなくてもいいよね？」

指が抜かれ、飛鳥の身体からも力が抜ける。

「ごめん。本当はもうちょっと可愛がってあげたかったんだけど……もう限界」

そう言って当てられた切っ先に、飛鳥の背筋が伸びた。

「ひぅっ！」

「飛鳥ちゃんがどこで誰に抱かれたのか、それは後でじっくり説明してもらうとして……」

ズブズブと、遠慮することなく彼の腰は中に進む。身体が無理矢理開かれる感覚に飛鳥は身体を強ばらせたまま、息を止めていた。

「はっ……はぁっ……」

「今からは僕の身体しか思い出さないように、しっかり躾けとかないとねっ！」

「ひゃあぁっ！」

いきなり腰が打ち付けられ、目の前に星が散る。

そのまま勢いよく始まったピストン運動に、飛鳥はテーブルをひっかきながらあられもない声を出した。

「あぁ、あぁぁっ、ぁあぁっ!!」

「大丈夫。今日で僕が全部忘れさせてあげるから」

上下左右めちゃくちゃに突かれる。遠慮は一切みられない。獣のような、本能だけでする荒々しいセックスだ。

脳髄まで一気に駆け上がってくる快感に、飛鳥の頭はおかしくなってくる。

「やぁ、んあぁっ！　あぁあんっ！　んんんっ！」

腰を動かし続けながら、大空は飛鳥に顔を近付けた。そして、耳元で囁《ささや》く。

「このまま中で出したら、飛鳥ちゃん妊娠しちゃうね」

「え？　つけて、ないっ――あぁっ！」

飛鳥は必死に腰を引こうとする。しかし、大空の力は強く、逃れられない。

「そんなに喜んで締め付けなくてもいいのに。はぁっ、そんなに中に出してほしいの？」

「や、やだぁあ！　やめっ！」

「いいよ。飛鳥ちゃんの頼みなら、いっぱい出してあげるね」

「やだ！　まって！　おねが――あぁぁぁあぁぁっ！」

さらに腰の打ち付けが激しくなり、子宮口にゴツゴツと彼の雄が当たる。最奥を抉《えぐ》られ、飛鳥は歯を食いしばった。

「ひろ、たかっ！　おねがっ！　中は、やっ!!　やめ――」

「飛鳥ちゃん、出すよ――ぅっ」

「あぁあっ――！」

大空のモノが爆《は》ぜる。その瞬間、飛鳥も一緒に絶頂を迎えた。

テーブルの上に上半身を横たえたまま、飛鳥は肩で息をする。

(私、中に……)

嫌なわけではない。大空の子供なら、もしできても後悔はしない。けれど、こういうことはちゃんと話し合ってからしてほしかった。

しばらく中で脈打っていた大空が飛鳥から身を引く。すると、ずるりと飛鳥の中から彼の雄も出ていった。飛鳥はうまく踏ん張れない両足の代わりに両腕で身体を支えながら振り返った。

「大空！　中には出さないでって――」

「ん？」

大空は何かを処理していた。彼の手にあるのは膨らむ前の水風船――のようなもの。

「大空、それ……」

「僕が飛鳥ちゃんの了承もなしに中出しとかするはずないでしょ」

大空は晴れやかに笑う。そう、彼はちゃんとゴムをつけていたのだ。

安心したのか、呆れたのか。飛鳥は脱力し、その場にへたり込んでしまう。

「意地悪しちゃってごめんね？　でも、焦る飛鳥ちゃん、とっても可愛かったよ」

（大空って、もしかして……ドS？）

ストッキングを破られている時から思っていたが、彼は少々飛鳥をいじめて喜ぶ癖がある。でも、もしそうだとしたら、彼は可愛い顔してなんて性癖を持っているのだろうか。飛鳥は頭を抱えた。

「ってことで、行こうか」

「ひゃっ！」

大空は飛鳥を抱き上げて歩き出す。

「ど、どこ行くの？」

「寝室」

「へ？」

「飛鳥ちゃん、まさか一回で終われると思ってた？」

思ってました、とはさすがに言えない。大空はいい顔で笑う。

「僕がどれぐらい飛鳥ちゃんのことを想っていたか。今日はじっくり教えてあげるね？」

◆◇◆

昔から大空の周りには、彼のことを好いている人間しかいなかった。

そう言うと聞こえはいいかもしれない。けれど大空にとってそれは人生最大の悩みだった。

芸術品のような彼の容姿に誰も彼もが魅了され、集まってくる。そこには大人も子供も、男女の垣根さえもなかった。同じ学校に通う生徒からは代わる代わる告白をされ、昼休みを昼休みとして過ごせた日はほとんどない。彼をめぐって争いが起きることもしばしばで、慌てて仲裁に入れば、怒られるのはなぜかいつも大空だった。バレンタインデーには髪の毛や体液が入ったチョコレートが送られ、家庭科の授業では目の前で皿に謎の液体を入れられたこともある。おかげで手作りといって差し出された料理は食べられなくなってしまった。うしろを誰かにつけられるのはもはや日常茶飯事で、両手両足の指では数えきれないぐらい警察にはお世話になっている。誘拐未遂だけでも五回を数えた。

自分を『好き』だと言ってくる人間は、大抵自分に酷いことをする。

好きでいてくれているはずの人間に振り回された結果、それが大空の認識になってしまった。

そんな大空が飛鳥と出会ったのは、人間不信が大爆発した中学二年の夏。彼女は学校を休みがちになった大空のために両親が付けてくれた家庭教師だった。

飛鳥に出会った時も、彼は彼女のことをそういう目でしか見ていなかった。大空を前にした時の飛鳥のキラキラとした瞳の輝きを見れば、彼女が自分に対してどのような感情を持っているかは明らかだったからだ。

(こいつも何か自分にしてくるかもしれない。警戒しておかないと)

最初はそんな風に思いながら飛鳥に接していた。

けれど、大空の予想に反して彼女はなにもしてこなかった。本当にただ一緒にいて勉強を教えてくれるだけ。時には雑談もしたけれど、それも本当に他愛もないもので、不快にさえもまったくならなかった。

(もしかして、あの視線は気のせいだったのかな)

大空の中での彼女の異質さは、思わずそう思ってしまうほどだった。

学校を休みがちではあるものの、大空は別に勉強が遅れているわけではなかった。テストの結果は常に上位だったし、一年先の授業まではもう予習を終えていた。なので正直、飛鳥に教わることなどなにもなかったが、彼女との触れ合いは大空を確実に変え始めていた。


そうして飛鳥が家庭教師になって半年ほど経ったある日、大空は彼女のスケジュール帳に何かが挟まっていることに気がついた。何気なく取り出してみればそれは一枚の写真で、そこにはマイクを片手に笑みを浮かべている男性が写っていた。大空はその男性に見覚えがあった。

「これってアイドルの……？」

「きゃぁぁぁぁぁ！」

ひっくり返った声を上げながら、飛鳥が写真を取り上げる。そして赤ら顔でその写真を隠しながら「見た？」なんて聞いてきた。大空が頷けば、飛鳥は耐えきれずその場で蹲《うずくま》る。

「なに？　先生ってその人のことが好きなの？」

「そ、そうね。恥《は》ずかしいから内緒にしてね？」

はにかむ彼女に、大空はなぜかとても嫌な気持ちになった。そして……

「僕、『好き』って気持ちがわかんないんだよね」

気がつけばそう吐露《とろ》していた。突然の告白に彼女は驚いているようだったが、一度こぼれだした言葉はなかなか止まらなかった。

「人を好きになるやつってほんと自分勝手だよね。相手のことなんか考えずエゴばっかり押し付けてきて。それで相手がどんな気持ちになるか考えもしないで……」

そこで大空は先ほどの感情の正体に気がついた。自分は彼女に『誰も好きではない飛鳥』でいてほしかったのだ。彼女は自分の周りにいるような誰かを傷付ける人間であってほしくなかった。そうでないと信じたかった。

なのに彼女はアイドルの写真なんかをすごく大事そうに持ち歩いていて、彼を好きだと宣言した。

それに、なんだかすごく裏切られたような気分になったのだ。

だから先ほどの言葉は、自分の胸の内を晒《さら》したわけではなく、相談したかったわけでもなく、ただ『誰かを好きな飛鳥』を責めるためのものだった。

飛鳥はその言葉にしばらく黙った後、大空の手を握り、微笑んだ。

「大空くんがどんな目に遭ったのかはわからないけど、辛かったね」

安易な言葉だ。誰でも紡げるようなひねりもなにもない励ましの言葉。

けれど、大空はその瞬間、少しだけ救われたような気持ちになった。

そして呆ける大空に彼女は続ける。

「私から言わせたら、好きな人にエゴを押し付ける人って、本当にその人のことが好きってわけじゃないんだよ」

大空は顔を上げる。その時初めて、彼は飛鳥の顔を正面から見た気がした。

「だって、私は好きな人には笑っていてほしいし、幸せにしてあげたいなって思うからさ」

彼女は華のような笑みを浮かべていた。頬にできた笑窪《えくぼ》も、薄い唇も、少し染まった耳も、なぜかなにもかもが可愛く見えた。

当時の大空は、この時飛鳥に抱いた感情がなんなのかよくわからなかった。ただ彼女のこの笑顔を、ずっと側で見ていたいと心の底から思ったのだった。

「あの時の僕って本当に馬鹿だよね」

大空は隣で眠る飛鳥の顔を覗き込む。一糸纏《まと》わぬ彼女に上掛けを掛けなおし、彼は鼻先にキスを落とした。

あれから大空は自分の容姿の使い方を覚えた。要するに、これは蜜なのだ。うまく使えば群がる虫を自在に操ることだってできる、麻薬のような甘い蜜。

それを上手に使えるようになってから、彼の人生は一変した。なにもかもが思い通りにいくようになり、あんなに悩んでいた人間関係に少しも困らなくなった。元々勉強も得意だったので、兄の成海と同じ大学に推薦で合格し、仕事も今のところ怖いぐらいに順調にきている。

唯一思い通りにいかなかったのが飛鳥との関係だったが、それも今日やっと解消された。

飛鳥が何かをしたというわけではないけれど、あの日あの時が彼にとっての転機だったのは間違いない。

「でもね、飛鳥ちゃん。今僕はエゴを押し付ける人の気持ちもわからなくないんだよ」

眠る飛鳥を大空は組み敷いた。

「だってもうこんなに離したくない」

彼は彼女にキスを落とすと、そのまま抱きしめて眠りにつくのだった。

第三章　芸能人と付き合うということ

「おはよう。飛鳥ちゃん」

「……おはよう、ございます」

最近の飛鳥の朝は、彼に起こされるところから始まる。

「もう朝食の準備できてるよ。早く食べよう」

気だるげに身体を起こした飛鳥にキスを落とし、大空はそう微笑んだ。

時刻は午前七時。今日は九時に家を出ればいいので十分余裕がある。

飛鳥が服を着てリビングに行くと、できたての朝食が食卓テーブルの上に並んでいた。そして仕上げとして二人分の珈琲《コーヒー》を入れる大空。飛鳥が起こしていたあの頃の彼とは、まるで別人のようである。

彼曰《いわ》く『僕がちゃんとしてたら、飛鳥ちゃんお世話しに来てくれなかったでしょ？』とのこと。

どうやら、彼の甘えん坊状態は飛鳥の気を引くための演技だったらしい。

（そりゃ、何年も私のこと騙《だま》してたんだから、演技だってできるようになるはずよね……）

ドラマを撮っている時の彼を思い出し、思わず苦笑いをこぼしてしまう飛鳥である。

二人が付き合い始めて一か月が経った。今のところ関係が誰かにバレたという気配はない。元々部屋が隣同士ということもあり、二人の生活はもうほとんど同棲同然になっていた。寝起きは基本、大空の部屋で。日用品を取りに行く時と、別々の仕事をしたい時はそれぞれの部屋に戻るという感じだ。

二人の関係は順風満帆……とまではいかないが、なかなかに順調だった。

そんな生活の中でも、一つ問題があるとするならば……

(すごく腰痛い……)

これだけだった。

飛鳥は椅子に座りながら腰をさする。

大空は年単位の想いの丈をぶつけるように、毎晩飛鳥を求めてくる。それ自体は嬉しいのだが、体力的についていけないというのが悩みの種だった。

飛鳥とて二十四歳、まだまだ若いつもりだ。しかし、普段から鍛えている十九歳の青年にかかれば、毎晩ヘロヘロになってしまう。そのせいで寝坊し、今日のように彼に起こされることもしばしばだった。

(私が大空のことをフォローしないといけないのに……)

もちろんマネージャー業務はちゃんとやっているが、実生活はフォローされてばかりだ。飛鳥は自分のふがいなさに小さく肩を落とした。

「今日さ、あの逸輝《いつき》さんとの仕事だよね？」

飛鳥の憂《うれ》いを吹き飛ばすような明るい声でそう言い、大空は目の前の席に座った。逸輝というのは、彼が目標としている先輩モデルの一人だ。今は日本にいるが本来の拠点は海外で、パリコレに出たり、ハリウッド映画に出演したりするようなマルチタレントである。彼がモデルを務めたブランドＨＩＧＵＣＨＩは、一夜にして世界のトレンドとなった。逸輝はそれほどの影響力がある人物なのだ。そして、今日はその逸輝と雑誌の表紙を撮る日だった。

「この仕事が決まった日から、すっごい楽しみにしてたんだよね！」

大空は楽しそうに頬を緩ませる。なんだかんだ言って、彼はこの世界が好きなのだ。

（それなら私も、大空をフォローできるように一生懸命頑張らないと！）

とりあえず体力をつけるためにジムに通おうと、そう決意した飛鳥であった。

目標としている人との仕事ということもあり、その日の大空はいつも以上に楽しそうに見えた。基本的に写真撮影なので、大空と逸輝が会話をすることはほとんどないのだが、表情や仕草から彼がいつも以上にイキイキしているのが伝わってきて、飛鳥も思わず笑顔になった。

（なんか、あそこにいる人が自分の恋人だなんて信じられない……）

大物相手でも物怖じせず、むしろ楽しそうに仕事をする彼を心の底から尊敬するし、素敵だと思う。そんな彼が自分の恋人だなんて、正直いまだに信じられない。何億もする宝石をいきなり渡されて「貴女のものです」なんて言われても実感が湧かないのと一緒だ。

飛鳥は呆けたように彼の姿に見入っていた。

すると、カメラに向いていたはずの大空の目線が、飛鳥のほうを向いた。そして一瞬の隙をつくように微笑んでくる。恋人にしか見せない、その煮詰めた飴のような甘ったるい笑みに、飛鳥の身体はかぁっと熱くなった。まるで度数の高いアルコールを一気飲みした時のような体温の上がり方である。

（SORA、かっこいい!!　もう最高――!!）

人目がなかったら叫びだしているところだ。

その時、ふと頭上からギギギと嫌な物音が聞こえてきた。見上げれば強いライトの明かりが目に刺さってくる。飛鳥はまぶしさに目を細めながら、音のしたほうを注視した。

そして、声を失う。

（え、あれ――）

次の瞬間、照明を支えていたロープが切れた。照明が落ちる先には大空の姿。

飛鳥はとっさに走り、大空を突き飛ばした。

◆　◇　◆

意識を取り戻して最初に見たのは真っ白な天井だった。辺りを見渡すと、見慣れない内装が目に入ってくる。身体を起こそうと力を入れれば、頭に鈍器で殴られたような強い衝撃が走った。

「いつつ――」

思わず頭を抱える。ここはどこだろうと記憶を探れば、迫る照明器具が瞼《まぶた》の裏に蘇《よみがえ》った。

(そうか。私、あのまま頭を打って……)

ということは、ここは病院だろう。大部屋ではなく個室なのは、大空のマネージャーだからだろうか。確かに、大空がお見舞いに来た時のことを考えればこれが適切である。

「あ、飛鳥ちゃん!?」

自分を呼ぶ声が聞こえて、飛鳥は入り口のほうを見た。すると、そこには驚いたような顔で固まる大空の姿。医師に話を聞いていたのか、手には診断結果が書かれた紙のようなものが握られている。

「僕のことわかる!?　平気!?」

大空はすぐさま駆け寄り、飛鳥の身体を支えた。

その手のひらのぬくもりに、身体が一気に弛緩《しかん》していく。

「うん、大丈夫。ありがとう」

頭を押さえつつも笑顔でそう言うと、彼は泣き出しそうな顔で身体の力を抜いた。もうそれだけで自分が彼にどれだけ心配をかけてしまったかがわかり、嬉しいような申し訳ないような、なんとも言えない複雑な気持ちになる。

「先生は軽い脳震盪《のうしんとう》だろうって。意識が戻ったら検査して、異常がないなら家に帰ってもいいらしいよ」

「そうなんだ」

「よかった、目が覚めて……」

大空は恐る恐る飛鳥の額《ひたい》に触れる。彼女の額《ひたい》にはガーゼが貼られているだけだった。あんなに重たいものが落ちてきた割には軽い怪我である。

彼の話によると、照明のロープは片側だけ切れたらしい。なので、本体が彼女の頭上に落ちてくるような最悪の事態は免《まぬが》れたのだが、スタジオの照明はそれなりの長さがあるため、まるで振り子のように彼女の頭を掠めてしまったのだという。

飛鳥が庇《かば》ったからよかったものの、もしそのまま大空の頭を直撃していたら重大な事故になっていただろうと、事故処理をしに来た警察官は言っていたそうだ。

「ということは、撮影は？」

「中止になった。というか、中止にしてもらった」

「そっか。他の人が怪我したらだめだもんね」

それはそうかと納得する飛鳥に、大空はあからさまに不機嫌な顔つきになった。

「僕は他の誰かが怪我するより、飛鳥ちゃんが怪我するほうが嫌なんだけど」

「それは……」

「なんで庇《かば》ったの？」

まるで咎《とが》めるような声に、飛鳥は困惑した。なぜと聞かれても、身体が勝手に動いたのだから仕方がない。

「僕は庇《かば》われたくなかった」

「えっ」

「ごめん。言い方が違うよね」

大空は申し訳なさそうな顔で、飛鳥の頬に手を這わせた。

「庇《かば》ってくれて、ありがとう。……でも、僕のせいで飛鳥ちゃんに怪我を負わせたくなかった」

泣き出しそうな声で大空はそう言う。飛鳥は少し震えている彼の手に、自分のそれを重ねる。そして安心させるように微笑んだ。

「ちょっと頭をぶつけただけだし。私は大丈夫だから、気にしないで」

「それは結果論でしょ。そもそも、女の子の額《ひたい》に傷なんか……」

「怪我をしたのは大空のせいじゃないんだし」

「でも、僕がもう少し気をつけておけば……」

何を言っても辛そうな表情を浮かべる大空に、飛鳥は少し逡巡《しゅんじゅん》する。

飛鳥が怪我をしたのは誰のせいでもない。ましてや、大空のせいでは絶対にない。けれど、彼は飛鳥が怪我をしたのは自分のせいだと思い込んでいるようだった。

(大空のせいじゃないって言っても納得しなさそうよね……)

心配してくれるのは嬉しいが、辛い顔をしてほしいわけじゃない。彼にはできるだけ笑っていてほしい。それが飛鳥の願いだった。

飛鳥は少し黙った後、改めて口を開く。

「確かにね。この傷残っちゃうかもしれないわね」

「……ごめん」

「お嫁にも行けなくなっちゃったなぁ」

「……」

なにも言えずに大空はうつむく。そんな落ち込んだ様子の彼を飛鳥は覗き込んだ。そして、明るい声を響かせる。

「だから、誰かさんがもらってくれればいいんじゃないかな」

「は？」

「だから、大空が私をもらってくれればいいんじゃない……って……」

思いもよらない言葉だったのだろう、大空は目を見開く。

驚いた様子で固まる彼に、飛鳥は恥《は》ずかしくなって視線を落とした。

「な、何よ！　笑ってほしくて言ったんだから、笑ってよ！」

飛鳥としては「図々しすぎ」と笑ってほしかっただけなのだ。こんな冗談、真面目にとってもらいたいわけではない。そもそも、彼と結婚できるなどとは、爪の先ほども思っていないのだ。今は夢の途中で、夢はいつか覚めるのが相場である。彼が自分に飽きるのが先か。新しい恋人ができるのが先か。違いはその程度である。

大空は頬を染める飛鳥の腕を取る。そして腕を引き、彼女をぎゅっと抱きしめた。

「ひ、大空⁉」

突然の出来事に、飛鳥はますます狼狽《うろた》える。

大空は先ほどとは打って変わって嬉しそうな声を出した。

「うん。結婚しよう！」

「へ？」

「まさか飛鳥ちゃんから言ってくれるなんて思わなかった。すっごく嬉しい！」

大空の跳ねるような声に我に返った飛鳥は、慌てて彼を押し戻す。しかし大空の拘束は強く、彼女がちょっと押しただけでは、彼の身体はびくともしない。

「じょ、冗談だからね！」

「冗談になんかさせないから安心して」

目の前で微笑まれる。世界中の美姫《びき》も真っ青なその魅惑的な笑みに、飛鳥は危うく腰砕けになりそうになる。抵抗する気力をごっそり奪っていく恐ろしい笑みだ。

そのまま彼は飛鳥の後頭部に手を回し、彼女の唇に自分のそれを重ねた。しかも一度だけでなく、二、三度、唇を押し付けてくる。

「ちょ、大空！　いま外だから！」

「ごめん。ちょっとだけ」

「んっ」

そのまままたっぷり唇を吸われた飛鳥は、真っ赤に腫れた唇で、様子を見に来た梅園を出迎えるのだった。

◆
◇
◆

飛鳥が倒れてから二週間後――

その日、出勤した彼女を出迎えたのは、こんな嬉しい報告だった。

「SORAちゃん出演のドラマ、すごく評判がよかったらしくて、続編の制作が決まったみたいよ！　もちろん引き続き、SORAちゃんも出演予定！」

「本当ですか⁉」

上司である梅園の言葉に飛鳥はかぶりついた。梅園も先ほど報告を受けたばかりのようで、嬉しそうに頬を染めながら受話器から手を離す。

「飛鳥ちゃんの営業もよかったらしくて、プロデューサーさん褒めてたわよー！　あんなに真面目で誠実なマネージャーさんが付いてるなら仕事任せても安心だってね」

「そんな、私なんて！　SORAが頑張ってくれたおかげですよ！」

「そんな謙遜《けんそん》しないのよ。現に、この前だってラント製薬のCMの仕事取ってきたじゃない。あそこのCM、競争率激しいのにほんとよく取れたなって感心しちゃったわよ」

「……ありがとうございます」

飛鳥ははにかみながら頭を下げた。

梅園は厳しい人ではないのだが、完全能力主義者だ。フレンドリーな一面からは想像ができないぐらいシビアに物事を見ている。その梅園が誰かをこんなに褒めるだなんて相当に珍しいことだった。

「もう立派な戦力ね。本当ならもう一人ぐらい貴女に任せたいところなんだけど、ＳＯＲＡちゃんがむくれそうで悩ましいのよねぇ。あの子、飛鳥ちゃん独り占めにしたがるから」

梅園は頬に手を当てながらふぅっと息をつく。飛鳥は苦笑いだ。

「ま。ということで、これから次のクールの撮影も入ってくるし、テレビの露出も増えるから忙しくなるわよー。モデルの仕事も引き続きあるから、スケジュール調整よろしくね。フォローもしっかり頼むわよ」

「はい！」

飛鳥は元気よく返事をした。そして自分のデスクに鞄を置く。朝から褒められて、気分は上がりっぱなしだ。

（なんか最近、いいことづくめだなー！　ジムに通っているからか、体力がついてきた気もするし！）

相変わらず二人の仲は順調だった。さすがに落ち着いてきたのか毎晩求められるようなことはなくなったが、それでも大空は毎日甘えてくるし、甘やかしてもくれる。しかも、最近はことあるごとに『結婚したら……』などと言ってきて、飛鳥は狼狽《うろた》えてばかりだ。本気にしてはいけないと思いつつ、ああも毎晩そんな話をされると少しだけそんな未来を想像してしまう。

（だめだだめだ！　今はちゃんと仕事をしないと!!　今日は苦手な事務作業なんだから！）

飛鳥は頭の中から大空を振るい出すように、頭を振る。

その日の飛鳥の仕事は、ＳＯＲＡの付き添いではなかった。彼は珍しく休みなのである。タレントが休みだとマネージャーも休めるわけではなく、飛鳥は溜まりに溜まった事務仕事を処理するために会社に来たのだった。

（関係各社でお世話になった人たちに、お礼の電話しとかないと！　あと、写真集がもうすぐ出来上がるから、それも送って……）

やることを付箋に書いてパソコンの周りに貼っていく。

今日もやることがいっぱいだ。

（よし！　ＳＯＲＡのために今日もいっぱい頑張るぞ！）

そう決意を固め、仕事を始めようとしたまさにその時、総務を担当している女性が、飛鳥のデスクの前に立った。

「あの、美浜さん。社長がお呼びですよ」

「え？　社長が？」

「はい。今すぐ社長室に来るようにって」

「今すぐ？」

（もしかして……）

嫌な予感がよぎる。飛鳥は冷や汗を背中に伝わせながら、社長室に向かうため席を立つのだった。

「美浜。これは、どういうことか説明してもらおうか」

そう言って社長が差し出してきた写真を、飛鳥は恐る恐る受け取った。そしてその写真を見た瞬間、息を止める。

写真に写っていたのは、飛鳥と大空だった。ベッドで身体を起こす飛鳥に大空がキスをしている。二週間前の、あの病院での写真である。

窓のカーテンの隙間から撮られている写真だからか、鮮明に写ってはいないが、ＳＯＲＡのファンなら一目で彼だとわかってしまう写真だった。

社長はイライラしたように机の上を指で叩く。

「もしかして、お前たち付き合ってるのか？」

その質問にひゅっと喉が鳴った。どう答えればいいのかわからない。ただ、このまま正直に答えれば、大空まで責められてしまうのは明らかだった。それはなんとしても避けなければならない。

飛鳥は視線をさまよわせるとうつむき、首を振った。

「いえ。付き合ってはないです」

「じゃあ、これはどういうことなんだ？」

「私が彼に片想いをしていて、ねだってキスしてもらったんです。命を助けたんだから、一回ぐらいしてくれないかって……」

「ほぉ」

納得してくれたのか、してくれていないのか、よくわからない声を出しながら社長は頷いた。

彼は机の中からもう一つ何かを取り出した。それは、一通の封筒だった。飛鳥は視線に促《うなが》されるようにその封筒を手に取り、中身を確かめる。

「——っ」

そこにはある記事のコピーが入っていた。見出しは『ＳＯＲＡ熱愛発覚⁉　人気の正体は、恋人であるマネージャーの色仕掛け⁉』というひどいものだった。先ほどの写真もでかでかと掲載されている。

読んでみると、ＳＯＲＡとマネージャーが熱愛しているという話題から始まり、最近彼の露出が増えているのは、マネージャーの枕営業のおかげだという根も葉もない話が書かれていた。そして、その枕営業を指示しているのはＳＯＲＡであり、そのために彼はマネージャーと付き合っているのでは⁉　という憶測で記事は締められていた。

飛鳥は記事のコピーを机に叩きつける。

「こんなの嘘です！　私は枕営業なんかしてませんし、ＳＯＲＡからもなにも指示なんて——」

自分は何を言われてもいい。けれど、大空のことをこんなにひどく書かれているのは我慢ならなかった。こんなの嘘どころの騒ぎではない。悪意を持った捏造《ねつぞう》だ。営業妨害だ。名誉毀損《きそん》だ。

怒りに震えるという感覚を、飛鳥はこの時初めて知った。

「こういうゴシップ記事の根拠なんて、写真だけで十分だ。これは撮られたお前たちが悪い」

「それは——」

それはそうかもしれない。あの時飛鳥がもっと真剣に彼を止めていればこんなことにはならなかった。室内だからと、誰にも見られていないから大丈夫だと、油断した。まさか窓の外に誰かが潜んでいるとは思わなかったのだ。

「ただ、お前たちは運がよかったな」

「え？」

何を言い出すのかと、飛鳥は社長を見つめた。

「この記事はまだ世に出る前だ。それに、私はこれを書いた『週刊文朝』の記者と昔から懇意にしている。今の段階ならこの記事をもみ消すことができるだろう」

「本当ですか⁉」

「あぁ」

その言葉に飛鳥は胸を撫で下ろした。ほっとした勢いで涙が出そうになってしまう。しかし、その安堵《あんど》もつかの間——

「これは俺がもみ消してやる。だから、お前たちがもし付き合ってるなら、今すぐ別れろ」

告げられた言葉に息を呑んだ。

「わかっているだろう？　ＳＯＲＡは今大事な時期だ。噂になるのならば、相手はマネージャーではなく有名女優とかが相応しいんだ。そのほうがまだ将来の展望が開けるからな」

黙ったまま話を聞く飛鳥に、社長は淡々と命令だけしていく。

「とりあえず、一週間以内に別れろ。お前の存在はＳＯＲＡにとって邪魔だ」

その後、なにをしていたか覚えていない。考えることをやめた状態で淡々と仕事をこなし、気がつけば夕方を過ぎて夜になっていた。

飛鳥はとぼとぼとマンションまでの道のりを帰る。

足取りは重たかった。

「運が、よかったのかな」

幸いなことに、あの記事は世に出ないらしい。それ自体はとても喜ばしいことだし、社長には恩しかない。

けれど――

「なんか、短い夢だったなぁ」

彼と別れることに、悲しみがあるのもまた事実だった。

いつかは終わると思っていた。飛鳥だってそんなに楽観的ではない。けれどこんなにも早く、彼との終わりがやってくるとは思ってもみなかったのだ。

飛鳥は星空を見上げる。

こんなことになるのなら、片想いのまま彼を支えていたほうが幸せだったかもしれない。少なくとも、こんなに胸を抉《えぐ》られるような思いはしなくて済んだだろう。

一度知ってしまった甘美な蜜の味を、知らなかった頃には戻れない。

(どうやって別れを切り出そうかな)

多分、事実をありのままに話して彼と別れるのは無理だろう。きっと彼は抵抗するだろうし、最悪の場合、事務所を辞めると言い出しかねない。

あの事務所は彼が仕事をやっていくには最適の場所だ。自分のために彼がその場所を去るというのは、飛鳥にとってあり得ない選択肢だった。

「あれ？　美浜さん」

飛鳥は背後からかけられた声に振り返る。そこには大空をいつも撮ってくれている砂野の姿があった。

「こんなところでどうしたんですか？　なんか、浮かない顔ですね」

人のよさそうな顔で砂野は首をひねる。

「俺でよかったら、なにかお手伝いしましょうか？」

その優しい声に縋《すが》るように、飛鳥は泣き出しそうな顔で彼の袖《そで》を引いた。

第四章　夢の終わり

「大空、別れてほしいの」

飛鳥からその言葉を聞いた瞬間、大空は呼吸を忘れた。

久しぶりに招いてもらった飛鳥の部屋で、彼女はうつむいたまま椅子に腰掛けている。テーブルに置いている両手は固く結ばれており、右手の爪は左手の甲に深く食い込んでいた。

大空は立ったまま低い声を響かせる。

「なんで？」

「好きな人ができたの」

「……誰？」

飛鳥はスマホを弄《いじ》り、一枚の写真を差し出してくる。そこには砂野と仲よく腕を組む飛鳥の姿があった。

「……砂野さん？」

「そう。最近一緒にいることが多くなって、それで……」

飛鳥は申し訳なさそうに視線をさまよわせた後、大空に向かって淡く微笑んだ。本当に幸せそうな表情である。

そんな彼女の表情を見て、大空ははらわたが煮えくりかえる思いがした。

飛鳥にではない。砂野にでもない。

彼女にこんなことをさせる、誰かに、だ。

大空は憤《いきどお》っていた。

泣きはらした目を化粧で隠し、彼女は必死に笑みを浮かべている。その痛々しさに胸が詰まった。

（社長、かな……）

大空は下唇を噛みしめる。

ヴァルールエンターテインメントの社長、花巻秀一郎《はなまきしゅういちろう》は、一代で業界屈指の会社に成長させた、間違いなくやり手の社長だ。しかし、それ故にワンマン気質で、気難しい性格。タレントのスキャンダルをこの上なく嫌う人物だった。

(ミスしたつもりはないから、尾行でもされてたかな)

飛鳥をマネージャーに推薦した時から、大空の気持ちは花巻に透《す》けていたのだろう。

最初はこの先大空が伸びるかどうかもわからないし、その条件を呑んでくれないなら事務所に所属しないと大空が言い切っていたので、二人の関係は放置されていたが。最近大空が急成長を遂げたため、このまま放置するのは危険かもしれないと花巻は考えたのだろう。だから、飛鳥と大空を引き離すために一策を講じた。それが、SORA想いの飛鳥だけを脅《おど》し、別れを切り出させるというものだった。

それが大空の予想である。

(社長お抱えの記者に写真を撮られて、脅《おど》されたって感じかな……)

大空は目を細め、うつむく飛鳥を見下ろした。

もちろん花巻にも腹が立つが、大空は自分に一番腹を立てていた。

要は、事務所のうしろ盾がないとまだ一人では立てないと思われている大空がだめなのだ。スキャンダルごときで足下が揺らいでしまうと思われている自分が、彼女にこんな顔をさせているのだ。

「ごめんね。軽蔑《けいべつ》してもいいよ」

そう言う飛鳥の側に、大空は膝をついた。

「……わかった」

大空は薄い笑みを貼り付ける。彼女が納得してくれるように、できるだけ悲しげな顔で。

「わかった。いいよ、別れよう」

その言葉に彼女は一瞬だけ泣きそうな顔になって、また無理して頬を引き上げた。

◆◇◆

大空と別れた一週間後、飛鳥の手には退職届が握られていた。

会社を辞めることにしたのだ。

飛鳥は別れてからも大空のマネージャーとして仕事を続けていた。しかし、やはり二人でいるとどこかぎこちなく、付き合う前のようにはうまくいかなかった。

コミュニケーションがうまく取れないマネージャーとタレントなんて、仕事がきちんと回るわけがない。今はまだ支障は出ていないが、いずれ大空の足を引っ張るような重大なミスを自分がやらかしてしまうかもしれない。そう考えて、飛鳥は彼の側を離れることを決意したのだ。

飛鳥は退職届を持ったまま社長室に向かおうとする。しかしフロアを出る直前、梅園に呼び止められた。

「ねぇ、今日SORAちゃん生放送よね？」

「あ、はい」

「一緒についていかなくてよかったの？」

不思議そうに聞かれる。確かに、今まで飛鳥は大空の現場にできるだけ同行するようにしていた。それは彼のことが心配だったということもあるし、彼のどんな姿でも目に焼き付けておきたいという願望があったからだ。また彼も、飛鳥が現場に来ることを喜んでいた節があった。打ち合わせなどが入って現場に行けなくなると、彼は決まって少しすねていたものだ。

しかし、今の飛鳥は無理をしてでも現場に行きたいとは思えなかった。二人っきりでいても話すことがないからだ。関係が終わったあの日からずっと、二人の間には気まずい空気が流れている。それに、今日は彼から「現場に来なくていいよ」と言われているのだ。そんな風に距離を置かれてもなお、無理矢理ついていこうとは飛鳥も思えなかった。

「今日は何度も通ってるスタジオなんで。それに、局までは送ってるので大丈夫ですよ」

「そうなのね。了解！」

梅園は指でサインをした後、壁掛けのテレビをつけた。ＳＯＲＡが出演する生放送の番組を見ようとしているのだろう。

テレビをつけて数十秒後、彼が出る予定の番組が始まる。バラエティ色の強い、お昼の情報番組だ。

飛鳥も呆けたようにテレビを見つめていた。彼が出るのは、番組が始まってすぐの、司会者と今話題の芸能人がサシでトークをするコーナーだ。

明るいアップテンポな曲とともに、カメラが司会者の男性にズームしていく。ちょうど昼休憩の時間帯に放送されるものなので視聴率もよく、そのコーナーは番組やドラマの宣伝に使われていた。SORAも先日出来上がった写真集を宣伝する予定になっている。

画面に大きく映し出された彼の顔を見て、飛鳥はまた一つ胸を高鳴らせた。

（やっぱり、かっこいいなぁ）

顔だけじゃない。声も、仕草も、性格だって、大空はなにもかもがかっこいい。彼のすべてが飛鳥を魅了する。

「SORAちゃん、トークうまくなったわよねぇ」

梅園が感心したようにそう言う。芸人である司会者のトークに、彼は遅れることなくついていっている。

「最近は女性だけじゃなくて男性からの人気もすごいですよね！」

「あんなに綺麗《きれい》な顔立ちなのに気取ってないし、気さくだからかしらねぇ。共演者の人にも評判いいし、ほんと優秀だわぁ」

いつの間にか一緒にテレビを見ていたスタッフと、梅園は楽しそうに会話を始める。飛鳥はテレビ画面に映る大空を見つめた後、視線を落とした。手には皺《しわ》の寄った退職届がある。

（これを出したら、もっと遠い存在になっちゃうんだろうな）

彼はこれからもっと人気が出るだろう。そして、飛鳥からは話しかけられない存在になっていく。最近では海外からの仕事のオファーもある彼だ。拠点が日本だけではなくなる日もきっと近い。そうなれば、飛鳥の存在など彼の中ではただの思い出に変わり、次第に思い出すこともなくなってしまうのだろう。

(ずるいな。私はテレビで見るたびに大空のことを思い出さないといけないのに……)

この傷が癒えるのは一体いつになるのだろう。もしかしたら、もう癒えないのかもしれない。彼と付き合っていた数か月間の思い出を抱きながら、『あの頃は楽しかった』と歳を重ねていくのかもしれない。

テレビの中では司会者が観客の笑いを誘いつつトークを進めていた。

『SORA君、最近人気すごいよねぇ!』

『そうですか? ありがとうございます』

『女の子からのアプローチとかすごいんじゃない?』

『そうでもないですよ。僕、全然モテないんで』

『それは嘘だわぁ!』

司会者の大げさなリアクションに場がわっと盛り上がる。ここから話題を変えて写真集の宣伝へと話を持って行く予定である。

飛鳥は昨日のうちに読んで覚えた台本を頭の中でめくった。ここまでは流れ通りだ。

『本当ですよ。と言うか、最近もフラれちゃいまして』

『えぇ!? ほんとに!?』


「え……」

流れが違う。

飛鳥はそのことに気がつき顔を強ばらせた。

『はい。それはもうすっぱりと、別れを切り出されちゃいました』

『嘘でしょ!!』

司会者の大げさなリアクションを、飛鳥もとりたい気持ちだった。それぐらいびっくりしていた。何を話しているんだろうか彼は。もしかして、もしかしなくても、それは私のことだろうか……

飛鳥の頭の中は焦りと羞恥《しゅうち》でいっぱいになっていく。しかも、これは生放送。現場にいるのならまだ何かできたかもしれないが、事務所にいる飛鳥にはもう彼を止める術《すべ》はなかった。

『僕はまだ好きなんですけどね。……実は、事務所の社長に無理矢理別れさせられちゃったみたいで』

『うそ!』

『彼女、別れてほしいって社長に頼み込まれたみたいなんです。それで僕の将来を考えて、別れを切り出してくれたみたいなんですよ……』

「えぇえぇえぇ!!」

素《す》っ頓狂《とんきょう》な声を上げたのは、飛鳥ではなく一緒にテレビを見ていたスタッフだった。関係に気づいていたのか、梅園は驚いた顔で飛鳥をじっと見つめている。

肝心の飛鳥はテレビを見ながら動けなくなっていた。瞬き一つもできやしない。

いつもと違う雰囲気に観客がざわめく。平然と話に乗ってくる辺り、きっと司会者は事前に大空から相談を受けていたのだろう。そして、彼の計画に乗った。

(つまり、今日現場に来るなって言ったのは……)

飛鳥が彼の暴走を止めてしまわないように、あらかじめそう言ったのだ。


『――すみません』

目に涙を浮かべて、鼻をすする大空。その憂《うれ》いを帯《お》びた表情に、観客は悲鳴のような声を上げた。

「SORA君、かわいそう!!」

隣のスタッフも涙目だ。テレビの画面からも『かわいそう……』『なんとかできないの……』などと言った小さな声が聞こえてくる。

しかし、長年彼と一緒にいた飛鳥にはわかっていた。

(あれ、多分演技だ……)

ほとんどの人はわからないだろう。けれど、飛鳥には妙な確信があった。そして、彼がこれでなにをしたいのかも、彼女にははっきりとわかってしまった。

『大丈夫、SORA君? ハンカチいる?』

『いえ、大丈夫です。ほんとすみません。こんなつもりじゃなかったのに』

司会者のフォローの仕方も絶妙だ。

飛鳥は頭を抱えた。もうこれは彼の独壇場《どくだんじょう》だ。観客もスタッフも彼に飲まれている。

『社長は悪くないんです。こういう仕事をしている以上、仕方ないとも思います』

『ＳＯＲＡ君は、女性ファンも多いからね』

『はい。でも、できれば恋愛ぐらいは好きにしたいなって今回のことで思いましたね。応援してくれるみんなの気持ちもわかるんですけど』

トドメと言わんばかりに彼は儚《はかな》げに微笑んだ。そしてまた悲鳴が上がる。もうこの場は完全に同情モードだ。

「さすが、『東洋の妖精』ね」

梅園の呟きに隣のスタッフも大きく頷いた。人を魅了することにかけては、大空の右に出るものはなかなかいないだろう。

「おい！　美浜っ!!」

放送を見ていたのか、顔を真っ赤にした社長――花巻がフロアに飛び込んでくる。ずいぶんとお怒りのようだ。

「どういうことだ！　あれは！」

「えっと……」

「こたえ――」

怒鳴りかけたその時、フロアの電話が鳴った。

さすがに怒鳴り声を聞かせるわけにはいかないと、花巻はぐっと言葉を飲み込んだ。

その電話を取ったスタッフが声を上げる。

「あの、社長」

「なんだ！」

「先ほどの放送を見て、社長を出せと苦情の電話が……」

「は？」

次の瞬間、今度は別の電話が鳴り響いた。それに続くように、次々とフロア中の電話が鳴りだす。

「社長、こっちもクレームの電話です。『ＳＯＲＡの恋愛を認めてあげてほしい』と……」

「こっちは『恋愛ぐらい自由にさせてやれ！』です」

「社長！　今度は共演者からで……」

「ちょ、ちょっと待て！」

さすがの花巻も慌て出す。しかし、苦情は電話だけにとどまらなかった。

「社長ー！　こっちにはすごい量の苦情メールが届いてます！　一気に四桁です！」

「なっ！」

「ＳＮＳは見事に炎上してるわねぇ」

「は!?」

「ニュースサイトにも取り上げられました」

「――っ！」

「関係各所にも電話がかかってるそうです！」

「美浜っ！」

「はいぃ!?」

いきなり怒鳴られて、飛鳥は背筋を伸ばした。

花巻はフロアの出入り口を指して、声を張り上げた。

「今すぐＳＯＲＡを連れ戻してこい！」

「わ、わかりました！」

◆◇◆

大空が事務所に帰ってきたのは、それから一時間後のことだった。

「ＳＯＲＡ！　お前は自分がなにをしたのかわかってるのか!?」

社長室に入ってきた彼に、花巻は開口一番そう怒鳴り声を上げる。怒りで顔を真っ赤にする花巻とは対照的に、大空は実に飄々《ひょうひょう》としていた。

「そりゃ。なにがどうなるかわからないまま、ああいうことはしないよね」

「じゃあ——」

「うん、もちろんわかってるよ。電話とかいっぱいきちゃったよね。スタッフの人には申し訳ないことしたなぁって思ってる。後からちゃんと謝っておかないとね」

まるで見ていたように彼はそう言い、笑う。いつもうっとりしてしまうその笑みが、今はまるで悪魔のそれだ。

ちなみに飛鳥は、大空のうしろでどうしたらいいかわからず狼狽《うろた》えていた。彼女が窘《たしな》めたぐらいでは、きっと彼は止まらないだろう。

「でも、そのおかげでわかったんじゃない。僕はこんなことぐらいじゃどうにもならないってね」

大空の笑顔に、花巻は悔しそうに顔をしかめた。

むしろ、今回のことで好感度は上がっただろう。

SNSでは『生放送で堂々とああいうことを言うのは、かっこいい』とか『一途で素敵』という意見も結構見られた。もちろん『恋人いたのー!』『嫌だ!』なんて声もあるが、ごく少数である。各社のネットニュースも大空寄りだ。世論は完全に彼の味方をしていた。

大空はスマホを取りだして顔の横で振った。

「さっきの放送を見て、いくつかの事務所から引き抜きの連絡があったよ。事務所と僕が喧嘩でもしてるんだろうって思ったみたいだね」

どちらかといえば、喧嘩ではなく奇襲である。

昨日まで大空と花巻の関係は良好だったし、こんなことになるとは誰も予想ができていなかった。振り返ってみれば、それは奇襲を成功させるための作戦だったというわけなのだが……

大空はぐっと花巻に顔を近付ける。

「ねぇ。僕はいつ事務所を移ってもいいんだよ」

「それは……」

顔は笑顔だが、声のトーンは完全なる脅《おど》しだ。

花巻は頬を引きつらせながら視線をそらした。金の卵を産み落とすタレントをむざむざ手放すのが惜しいのだろう。大空は続ける。

「でもさ、社長やこの事務所にお世話になってるのも事実だから。今ここでもう二度とこんなことしないって誓って、飛鳥ちゃんとの仲を認めてくれるのなら、僕はこの事務所にとどまるつもり」

「ＳＯＲＡ……」

「それに、結果的にはみんな僕のことを考えてくれてたわけだしね。やり方はホントあれだし、許せるもんじゃないけど」

大空は飛鳥のほうを見る。彼の真っ黒い笑顔に飛鳥の背筋も凍った。どうやら彼は、彼女にも物申したいことがあるらしい。

（ぜ、全部見抜かれてたわけだしね……）

後が怖い。怖すぎる。

大空は花巻に向き直る。

「僕は、僕の恋愛が明るみになってもファンがついてきてくれることを証明したつもりだよ。今度は社長が、けじめを見せてくれる番じゃない？」

どうかな、と大空は笑顔で詰め寄った。

花巻は天を仰ぎながら、諦《あきら》めたように目元を覆う。

「あぁ、もう！　二人の交際を認めればいいんだろう！　わかった認める！　認めてやる！」

その瞬間、飛鳥と大空は目を見合わせ、そして同時に笑みを浮かべた。

第五章　戻ってきた日常

「僕ね。今回のことについては、いくら飛鳥ちゃんがやったことでも、さすがに怒ってるんだよ？」

「んぁっ！」

「ねぇ、聞いてる？」

「きいて、あんっ、あぁっ！　やっ！」

　交際が認められたその日の夜、二人は大空の部屋のベッドにいた。飛鳥は前から大空の太いモノで突かれ、あられもない声を出している。一糸纏《まと》わぬ二人の周りには服が散乱していた。

　大空は腰を動かしながら、飛鳥を延々と責め続ける。

「砂野さんと付き合うってなにあれ。嘘でも、もうちょっとマシな嘘があったよね？　しかも、僕に黙って会社を辞めようとしてたとか。本当に何やってるの？」

「ごめ――ぁんっ！」

「部屋はどうするつもりだったの？　まさか、僕に黙って出て行こうと？　それって控えめに言って最低じゃない？」

「ごめ、んなさ――っ！」

　杭《くい》を深く埋め込んだまま、彼は腰をゆっくりと回す。これでもかと広げられた飛鳥の入り口から、こぽっと蜜があふれた。

「あぁあっ！」

「怒られてるのにこんなに濡れてるとか。飛鳥ちゃん、実は反省してないでしょ？」

「そんなこと、ないっ！」

「じゃ、ちゃんと謝って。できるでしょ？」

「ごめ……んっ――んんっ！」

謝らせるつもりがあるのか、ないのか。大空は飛鳥の弱いところばかりを執拗《しつよう》に攻め立てる。飛鳥の膝裏を持ち、彼女の身体を折り曲げる。そのまま上から彼女の身体を押しつぶすように、彼は熱い塊を出し入れした。

「ほら、早く」

「こし、とめてぇ！」

「いやだ」

「あぁっ！　ぁあぁっ！」

蜜が掻き出され、背中に伝う。高まってきた快感に飛鳥はシーツを掴んだ。

「も、いくっ！　やっ！　いっちゃ――」

きゅっと子宮が収縮する。内包された熱が爆発する瞬間、なぜか彼は飛鳥から身を引いた。中にあった彼の硬いモノもずるりと抜かれる。

「え？」

「だめ、今日はイかせてあげない」

「なん――」

「それぐらい僕は怒ってるってこと」

怒っていると彼は言うが、その顔はとても楽しそうだ。きっと、彼はこうして飛鳥をいじめて楽しんでいるのだ。切なさに顔を歪める飛鳥を見て、彼は興奮しているのだ。

「ひろたかの、いじわる」

「いいね、その顔。すっごいそそる」

「あぁあぁぁ……」

襞《ひだ》のひくつきが収まると、彼は飛鳥をひっくり返し、彼女の臀部《でんぶ》を持ち上げた。そのまま、猛《たけ》りを容赦《ようしゃ》なく最奥まで突き立てる。

「あぁっ――！」

そして、また彼女のいいとこばかりを擦り始めた。

「あぁ、あぁあぁっ！」

「今にもすぐイきそうだね。中もすごいことになってるよ。ドロドロだし、締め付けがエグいし」

「やぁあぁっ！」

「そんなにねだらないでよ。僕ってば優しいから、イかせてあげたくなっちゃうでしょ？」

ゴツゴツと子宮口をこじ開けるように彼は腰を打ち付ける。なのに……

「――っ！」

「おっと」

飛鳥が達する直前になると彼は己を抜いてしまう。

そしてまた、彼女の興奮が落ち着いてくると腰を進めてくるのだ。

それを何回も彼は繰り返した。

「も、やだぁぁあぁ！　お願い！　イきたい!!」

「だーめ」

そしてまたずるりと彼は猛《たけ》りを抜く。飛鳥はもうおかしくなってしまいそうだった。イきたいのにイけないのがこんなに苦しいとは思わなかった。切なくて頭がクラクラする。もうイくことしか考えられない。彼も相当きついのか、荒い呼吸を繰り返していた。

「ひろたかぁ」

「そんな風に甘えた声を出してもだめ。ちなみに、今日はイかせる気ないからね」

「そんな、ぁあぁ!!」

何度目かわからない挿入に身体が喜んだ。そして彼はまた飛鳥を揺すり始める。

「でもさ、真面目な話。僕は飛鳥ちゃんには信用してほしかったよ」

「え？」

「そういうスキャンダルなんかじゃどうにもならないって、信じてほしかった」

悲しげというよりは淡々と、彼は自分の想いを口にする。

「でも、まだ信用してもらえなかったってことだよね。ほんと、情けないなぁ」

初めて聞く彼の傷付いたような声に、飛鳥は目を見張る。

大空の気持ちを表すように　抽送《ちゅうそう》が段々とゆっくりになった。

「これからはもっと信用してもらえるように頑張らないとね」

「そんなことない！」

飛鳥の声に、大空は目を瞬かせた。抽送《ちゅうそう》は完全に止まってしまっている。

「大空が、大丈夫だろうって言うのはわかってたよ。だけど、私が大空の邪魔になるのは事実だったから、だから……」

今は好意的に受け止められているが、彼に恋人がいたと知ってショックを受けたファンは確実にいるだろう。その人たちが彼のことを応援するのをやめたら、それはすなわち飛鳥のせいなのだ。

少なくとも、飛鳥はそう考えていた。

「私は大空には誰よりも笑っていてほしいの。大空のことが、大好きだから！」

飛鳥の告白に大空は目をむく。そして、そのまま愛おしそうに目を細めてキスを落としてきた。

「飛鳥ちゃんは昔っからそういう人だよね」

「え？」

「好きな人には笑顔でいてもらいたいんだよね。僕と会ったばかりの時もそう言っていた」

「そう、だっけ……？」

「そうだよ。今回はさ、そんな飛鳥ちゃんにムカついたけど。でも、僕はやっぱり、そういう飛鳥ちゃんだから好きなんだよね」

大空はふたたび抽送《ちゅうそう》を始める。最後を思わせるような激しいものだ。

おあずけを食らっていた飛鳥の身体はその刺激に歓喜した。

「あぁあぁっ、ぁぁあぁぁ!!」

「飛鳥ちゃんが僕の前からいなくなったら、多分、僕はもう一生笑えなくなると思う」

飛鳥の身体が硬直する。待ち望んでいた瞬間に蜜があふれ、目尻からは涙が伝った。

「だから、僕のこと思うなら、ずっと側にいてよ。お願いだから」

そう言った直後、大空も己の欲望を飛鳥に吐き出した。

エピローグ

二か月後。飛鳥の姿は大空の部屋にあった。

「もぉおぉぉ! ほんと、ここのＳＯＲＡかっこいい!!」

飛鳥はソファーでのたうち回る。正面にあるテレビでは、大空の出演したドラマのＢｌｕ‐ｒａｙが流れていた。

あれから、二人は世間的にも公認の仲になった。と言っても、大空の相手が誰というのは公表されておらず、『ＳＯＲＡ、一般女性と恋愛中』という感じになっている。これは今後の飛鳥の仕事のことを考えた梅園の提案だった。相手を出さないということに、最初大空は不満げだったが、公表するとマネージャーとしての仕事ができなくなるかもしれない。もしくは担当替えを行《おこな》わなければならないということで、渋々了承した。

恋人の存在を正式に公表しても、ＳＯＲＡの人気は落ちなかった。むしろ、一連の騒動からメディアに出る機会が増え、忙しかった仕事がまた一段と忙しくなった。飛鳥が観ているドラマの続編も絶賛撮影中だ。

社長も『こうなることを見越して、俺は最初二人の仲を反対したんだ！』と上機嫌である。

今日はその忙しい合間を縫った、久々の休日だった。

飛鳥はクッションを抱きながら足をばたつかせる。

「かっこいいーっ‼　ここの台詞《せりふ》最高に神がかってる‼　可愛いのに、かっこいい‼　ずるい‼」

「飛鳥ちゃんって、ほんとＳＯＲＡが好きだよねー」

呆れたような声を出して側に立ったのは大空だ。飛鳥の前に珈琲《コーヒー》が入ったカップを置きながら、自身も隣に腰掛ける。

「え？　大空のことも好きだよ？」

「僕は『も』じゃなくて『が』がいいの」

「もしかして、自分に嫉妬《しっと》してる？」

「悪い？」

唇をとがらせながらそっぽを向く様が可愛すぎる。まさに心が洗われる可愛らしさだ。

飛鳥は隣に座る彼を抱きしめた。

「ねぇ大空。私、大空『が』大好きだよ？」

「当たり前でしょ」

大空は飛鳥の頤《おとがい》を掴む。そして、頬を引き上げた。

「あんなぽっと出に負けるわけがないからね」

そうして、二人の唇は重なった。

この作品に対する皆様のご意見・ご感想をお待ちしております。

おハガキ・お手紙は以下の宛先にお送りください。

【宛先】

〒150-6008 東京都渋谷区恵比寿4-20-3 恵比寿ｶﾞｰﾃﾞﾝﾌﾟﾚｲｽﾀﾜｰ 8F
（株）アルファポリス　書籍感想係

メールフォームでのご意見・ご感想は右のＱＲコードから、
あるいは以下のワードで検索をかけてください。

アルファポリス　書籍の感想　検索

ご感想はこちらから

華麗《かれい》なる神宮寺《じんぐうじ》三兄弟《さんきょうだい》の恋愛事情《れんあいじじょう》

秋桜ヒロロ（あきざくら ひろろ）

2020年 2月 29日初版発行

編集－斉藤麻貴・宮田可南子
編集長－太田鉄平
発行者－梶本雄介
発行所－株式会社アルファポリス
〒150-6008 東京都渋谷区恵比寿4-20-3恵比寿ｶﾞｰﾃﾞﾝﾌﾟﾚｲｽﾀﾜｰ8F
TEL 03-6277-1601（営業） 03-6277-1602（編集）
URL https://www.alphapolis.co.jp/
発売元－株式会社星雲社（共同出版社・流通責任出版社）
〒112-0005 東京都文京区水道1-3-30
TEL 03-3868-3275
装丁イラスト－七里慧
装丁デザイン－ansyyqdesign
印刷－図書印刷株式会社

価格はカバーに表示されてあります。

落丁乱丁の場合はアルファポリスまでご連絡ください。

送料は小社負担でお取り替えします。


ISBN978-4-434-27102-1 C0093